Anna Wimschneider

Herbstmilch

PIPER

Zu diesem Buch

Herbstmilch« ist die Lebensgeschichte der Bäuerin Anna Wimschneider - ein Dokument des zwanzigsten Jahrhunderts, das vom Schicksal der kleinen Leute handelt, von Menschen, die im Schweiße ihres Angesichts ihr Brot verdienen und ihr Leben bewältigen, aufrecht und unerschütterlich. Anna Wimschneiders Erinnerungen beginnen mit dem frühen Tod der Mutter, die eine neunköpfige Familie hinterläßt und deren Pflichten ganz selbstverständlich die achtjährige Tochter Anna übernehmen muß. Während der Kriegszeit muß sie dann den Hof ihres Mannes bewirtschaften, der zum Kriegsdienst eingezogen wurde. - »Herbstmilch« wurde gleich nach Erscheinen Anfang der achtziger Jahre des letzten Jahrhunderts ein überraschender und überwältigender Bucherfolg. Anna Wimschneider mit ihrem pfiffigen Charme und ihrer lakonischen Art wurde stürmisch gefeiert, und Josef Vilsmaier hat ihr mit der Verfilmung ein weiteres Denkmal gesetzt.

Anna Wimschneider, 1919-1993, lebte über viele Jahrzehnte auf einem kleinen Bauernhof in der Nähe von Pfarrkirchen in Niederbayern. Ihre Lebenserinnerungen mit dem Titel »Herbstmilch«, die 1984 erschienen sind, wurden über Nacht zum Bestseller und von Joseph Vilsmaier erfolgreich verfilmt. Bis heute sind sie ein berührendes Zeugnis.

Anna Wimschneider

Herbstmilch

Lebenserinnerungen einer Bäuerin

PIPER

Mehr über unsere Autorinnen, Autoren und Bücher:
www.piper.de

Wenn Ihnen dieser Roman gefallen hat, schreiben Sie uns unter Nennung des Titels »Herbstmilch« an *empfehlungen@piper.de*, und wir empfehlen Ihnen gerne vergleichbare Bücher.

Taschenbuchsonderausgabe
ISBN 978-3-492-27360-2
1. Auflage Dezember 2011
9. Auflage Dezember 2025

Für direkten Kontakt und Fragen zum Produkt
wenden Sie sich bitte an: *info@piper.de*
Umschlaggestaltung: semper smile, München
Umschlagmotiv: perathon Medien GmbH
Satz: Kösel Media GmbH, Krugzell
Gesetzt aus der Quadraat
Gedruckt von ScandBook in Litauen
Printed in the EU

Im Landkreis Rottal-Inn steht an einem leichten Osthang ein Bauernhof mit neun Hektar Grund. Drinnen wohnten Vater und Mutter und der Großvater, das war Mutters Vater, und dazu noch acht Kinder. Franz war der älteste, dann kam der Michl, der Hans und nun ich, das erste Mädchen, nach mir Resl, Alfons, Sepp und Schorsch und später dann noch ein Bub.

Wir Kinder hatten ein fröhliches Leben. Die Eltern waren fleißig, Großvater arbeitete auch noch mit, obwohl er schon zwischen 80 und 90 Jahre alt war. Wenn er sich rasiert hat, mit einem langen Messer, schauten wir Kinder zu, denn das war sehr lustig. Der Spiegel hing an der Wand, und der Großvater schnitt ganz komische Gesichter, die Knie hat er an die Bank gestemmt, und weil er so zitterte, machte die Bank so lustige Töne.

Im Frühling lag draußen vor der Hofeinfahrt ein großer Wiedhaufen, den die Mutter mit dem Hackl in Bündel hackte. Da spielten wir Kinder, krabbelten auf dem Haufen herum, da wimmelte es nur von Kindern. Die Zapfen von den Fichten, das waren unsere Rosse, die Reigerl von den Föhren unsere Kühe, die Eicheln unsere Schweine. Aus den großen Rindenstücken wurde dann ein Hof gebaut. Rindenstücke waren auch unsere Wagen, an die mit einem Faden oder einer leichten Schnur unsere Tiere eingespannt wurden. Als Getreide nahmen wir Spitzwegerich, Breitwegerichblätter waren unser Geld, und alle möglichen Gräser hatten ihre Bedeutung und machten unseren Spielzeugbauernhof reich.

Die Eltern freuten sich an ihren Kindern. Gegen Abend spielten wir meist Fangen, schüttelten eine Menge Maikäfer von den Kirschbäumen und wurden vor dem Schlafengehen noch einmal richtig munter. Einmal zog mir die Mutter ein schönes rotes Samtkleid an, setzte mich auf den Schubkarren, um zum Getreidedreschen Scheps zu holen. Auf dem Weg ins Dorf hat sie mich bei den

Häusern, an denen wir vorbeikamen, den Leuten vorgestellt, denn sie war sehr stolz auf ihr erstes Mädchen.

Eines Tages lag die Mutter im Bett, ich weiß nicht, warum, und die größeren Kinder waren bei ihr in der oberen Stube. Von unten hörten wir eine Streiterei, die Mutter kniete sich auf den Boden, aus dem man ein Stück herausnehmen konnte. Sie schaute hinunter. Der Vater und der Großvater stritten. Der Großvater hatte vom Brunnen hinterm Haus Wasser geholt, der Vater aber die Haustüre abgeschlossen, da konnte der Großvater nicht mehr herein. So ergab sich die Streiterei.

*

Einmal spielten wir auch so schön und lustig und liefen alle rund ums Haus. Da kam bei der Haustüre die Fanny heraus mit unserem Badwandl und schüttete nahe beim Haus viel Blut aus. Wir blieben alle ringsherum stehen und sagten, heh, heh, was haben wir denn geschlachtet? Sie sagte, das ist von der Mutter. Haben wir denn die Mutter geschlachtet? Wir wollten zur Mutter hinein. Sie sagte, bleibt noch da stehen, ich sag es euch schon, wenn ihr reingehen dürft.

Wir warteten. Dann zogen wir die Stiege hinauf in die obere Stube. Es begegneten uns zwei Männer in weißen Kitteln. Zwei Nachbarinnen standen da, und der Vater und alle weinten. Die Mutter lag im Bett, sie hatte den Mund offen, und ihre Brust hob und senkte sich in einem Röcheln. Im Bettstadl lag ein kleines Kind und schrie, was nur rausging. Wir Kinder durften zur Mutter ans Bett gehen und jedes einen Finger ihrer Hand nehmen. Später wurden wir wieder zum Spielen hinausgeschickt.

Am Abend kamen die Nachbarn und viele Leute zum Rosenkranzbeten. Die Mutter lag im Vorhaus, in der Fletz aufgebahrt. Ihre schönen rötlichen Haare waren in Locken gekämmt, wie sie dies immer vor dem Spiegel getan hatte. Sie hatte ein schwarzes Kleid an, und Schuhe hatte sie auch an. Wir Kinder fragten, warum hat die Mutter Schuhe an? Die Nachbarin sagte, daß das ein alter Brauch ist, denn eine Wöchnerin muß auf Dornen in den Himmel gehen. Die Nachbarn beteten einen Rosenkranz, dann bekamen sie Brot, und ein

Trunk wurde gereicht. Dann wurde noch ein Rosenkranz gebetet. Das war zwei Abende so.

Am Tag, als die Mutter starb, nahm den Kleinsten gleich die Taufpatin mit, obwohl sie nie ein Kind gehabt hatte und selbst schon alt war. Wir hatten alle Hunger und nichts zu essen. Statt dessen lagen die jüngsten vier auf dem Kanapee, zwei nach hinten, zwei nach vorn, Joppen als Kopfkissen und als Zudecken. Wir Größeren haben auch irgendwelche Kleidungsstücke zusammengesucht und uns auf die Holzbänke gelegt, die rund um die Stube gingen. Wir haben geweint, weil wir die Mutter nicht mehr hatten, und sind vor Hunger und Kummer eingeschlafen. Der Vater hat uns dann schlafend ins Bett getragen.

Der Vater suchte sofort eine Haushälterin, die kam auch. Das ging zwei Wochen mit ihr. Dann stellte sie die ganzen Zuber und Eimer, alles, was wir hatten, voll eingeweichter Wäsche auf die Bänke in der Stube und ging fort. Der Vater suchte wieder eine, die war auch nicht länger da, stellte auch die Wäsche auf die Bänke und verschwand. Wahrscheinlich hat die Wäsche jemand aus der Nachbarschaft gewaschen. Bügeln habe ich nie jemanden gesehen. Der Vater suchte dann eine Hochzeiterin, es wurde ihm diese und jene geraten, und immer stellte sich heraus, daß dieselben auch noch zwei, drei Kinder mitgebracht hätten. Da hat er sich überlegt, diese Frauen würden die ersten Kinder hinausdrücken und ihre Kinder als Erben einsetzen. Das wollte er nicht. Es ging dann überhaupt nicht mehr um. Die Kinder hatten Hunger.

Meine Mutter hatte eine Nachbarin noch auf dem Sterbebett gebeten, meine Firmpatin zu sein. Die kam dann zum Melken, und dafür bekam sie eine Schürze voll Äpfel. Es war gerade Sommer, meine Mutter ist am 21. Juli 1927 gestorben.

*

Es kam die Ernte, und die meiste Arbeit war da die Feldarbeit, und jeder hatte es satt, immer wieder zu helfen. Da dachte der Vater, ich muß mir selber helfen. Es blieb ihm nichts anderes übrig, als die Kinder arbeiten zu lassen.

Der älteste war der Franz, noch nicht dreizehn Jahre, dem hat die Nachbarin das Melken gelernt, der zweitälteste war der Michl, elf Jahre, der mußte den Stall misten. Eine andere Nachbarin kam, um mir das Kochen und Flicken zu lernen und wie ich mit den kleinen Kindern umgehen muß. Ich war acht Jahre. Der drittälteste, der Hans, mußte auch mithelfen. Zum Futtereinbringen fürs Vieh mußten wir größeren Kinder alle hinaus. Um fünf Uhr war Aufstehen, der Vater nahm die Sense, ein Bruder die Schubkarre, wir Jüngeren hatten Rechen dabei. In einer Stunde war das Futter mit dem Schubkarren eingebracht, die Kleinsten haben noch geschlafen. Franz hat die beiden Kühe gemolken, die leicht zu melken waren. Die Nachbarin die anderen zwei, denn die waren zäh. Ich habe Feuer gemacht und die Milch gekocht, in die Schüssel gegeben, ein wenig Salz dazu und dann Brot eingebrockt. Dann standen wir alle um den Tisch herum, beteten das Morgengebet, den Glaube-an-Gott, und ein Vaterunser für die Mutter. Manchmal war auch eins von den kleinen Geschwistern schon aufgestanden, um das mußte ich mich kümmern, so daß ich kaum zum Essen kam. Nach dem Essen beteten wir das Dankgebet und wieder ein Vaterunser für die Mutter. Die Buben hatten sich schon gewaschen und gekämmt, so konnten sie noch den Gottesdienst vor Schulbeginn erreichen. Ich dagegen mußte erst die Kleinsten aus dem Bett holen, ihnen beim Biseln helfen, sie anziehen und füttern. Manchmal haben sie geweint, weil sie mit mir wohl nicht zufrieden waren. Großvater blieb noch im Bett. Ich konnte mich erst dann zur Schule fertigmachen, wenn der Vater von der Stallarbeit hereinkam. Nun lief ich so schnell ich konnte die vier Kilometer zur Schule. Dabei mußte ich oft anhalten, weil ich in der Seite ein starkes Stechen hatte, und oft kam ich erst an, wenn die erste Pause war. Da lachten mich die anderen Kinder aus.

Es dauerte nicht lange, da sagten die Buben, im Haus ist alles deine Arbeit, das ist Dirndlarbeit. Nach der Schule kam die Meieredermutter, um mir das Kochen beizubringen. In meinem Beisein sagte der Vater zu ihr, wenn sich's das Dirndl nicht merkt, haust du ihr eine runter, da merkt sie es sich am schnellsten. An Sonntagen lernte sie mir das meiste, da war keine Schule. Mit neun Jahren konnte ich schon Rohrnudeln, Dampfnudeln, Apfelstrudel, Fleischgerichte und viele andere Dinge kochen. Aber am Anfang habe ich auch viele Fehler gemacht, der Vater kam herein, schaute in den Ofen und sagte, ach Dirndl, du mußt ein größeres Feuer machen, so kannst du kein Fleisch braten. Das Wasserschiff im Ofen ist zuwenig gefüllt, wie oft muß ich dir das noch sagen, und schon gab es eine Watschn. Die Meieredermutter hat mich auch manchmal geschimpft, geschlagen hat sie mich aber nie.

Bei der Arbeit mußte ich einen Schemel mittragen, weil ich so klein war, daß ich in keinen Topf gucken konnte. Auf den Herd schauen, Schemel hin, einheizen, Schemel weg, zur Anrichte, Schemel hin, wie oft ging das während des Kochens! Wenn es beim Fleischbraten aus dem Rohr geraucht hat, konnte ich nachschauen. Bei Rohrnudeln dagegen ging das nicht, die sind dann zusammengefallen, und wenn sie auf den Tisch kamen, war wieder eine Watschn fällig. Es ging ja noch an, wenn ich sie vom Vater bekam, aber die großen Brüder gaben auch noch eine dazu. Ich habe das Salzen vergessen, meine Gedanken waren bei den Geschwistern, die in der Stube gespielt haben. Wenn es dann oft recht wild zuging, und sie haben beim Fangen oder Blinde-Kuh-Spielen etwas zerbrochen, ging es an mir aus, weil ich auf die Geschwister nicht aufgepaßt habe. Und wenn die drei großen Brüder am Boden miteinander gerauft haben, daß es der Vater draußen noch hörte, dann kam er mit einer Gerte herein und schlug wahllos drein. Dann war für diesmal wieder Ruhe.

Nach einiger Zeit brachte der Vater den Kleinsten wieder heim, weil die alte Taufpatin vom Schlaf nicht mehr aufgewacht war. Wir haben uns über den kleinen Ludwig sehr gefreut, er war noch ganz klein und konnte noch nicht richtig reden. Damals hatten Buben und Mädchen im Alter bis zu drei Jahren die gleichen Kleider an. Das war einfach, wenn eines mal mußte, so konnte man es schnell aufs Topferl setzen, eines von den anderen Geschwistern mußte dann was vormachen, da blieb es schon sitzen.

Milch und Kartoffeln und Brot gehörten zu unserer Hauptnahrung. Abends, wenn ich nicht mehr richtig kochen konnte, weil wir oft von früh bis vier Uhr nachmittags Schule hatten und dann erst in der Abenddämmerung heimkamen, da haben wir für die Schweine einen großen Dämpfer Kartoffeln gekocht. Die kleinen Kinder konnten kaum erwarten, bis er fertig war, schliefen dann aber doch auf dem Kanapee oder auf der harten Bank ein. Wir mußten sie dann zum Essen wecken. Weil wir soviel Hunger hatten, haben wir so viele Kartoffeln gegessen, daß für die Schweine nicht genug übrigblieb. Da hat der Vater geschimpft. Der Hans hat einmal 13 Kartoffeln gegessen, da hat der Vater gesagt, bist du narrisch, du frißt mehr wie eine Sau, friß nicht so viel, es bleibt ja nichts mehr für die Sau.

Von Zeit zu Zeit kam mal eine Nachbarin und schaute nach, wie es so ging und was ich machte. Anfang des vierten Schuljahres mußte ich zur Meierederмutter gehen, um jetzt Brotbacken und Großwäschewaschen zu lernen. Wir machten es daheim dann genauso, der Vater und ich. Wir hatten auch den gleichen Waschzuber wie die Meieredermutter. Erst haben wir die Wäsche über Nacht eingeweicht, dann wurde sie von mir und Vater ausgewrungen, aufgelockert und in den Zuber gelegt. Oben auf die Wäsche kam ein großes Leinentuch, in das Birkenholzasche gestreut wurde, dann wurde kochendes Wasser draufgeschüttet, das war die Lauge für die Wäsche, Waschpulver hatten wir keines. Nach einigen Stunden wurde diese Lauge unten aus dem Zuber gelassen. Jetzt wurde die Wäsche auf der Waschbank mit Kernseife eingerieben und gebürstet. Ich stand auf meinem Schemel, denn ich war zu klein für die Waschbank.

Beim Brotbacken war es umgekehrt, wir mußten den Backtrog auf den Boden stellen, weil ich da zum Teigkneten mehr Kraft hatte. Wir haben immer auf einmal 16 Laib Brot gebacken, ein einzelner Laib wog vier bis fünf Pfund. An jedem Tag aßen wir drei Laib. Einen zur Morgensuppe, einen verbrauchten wir Kinder in der Schule zum Pausenbrot, und den dritten Laib Brot aßen wir am Abend. In der Schule hatten wir zwei Pausen, die kleine, die war 15 Minuten, und die große Mittagspause, eine ganze Stunde. Weil ich in der überfüllten Mädchenbank keinen Platz mehr hatte, kam ich neben einem Buben zu sitzen, der mir im Auftrag seiner Mutter jeden Tag eine Rohrnudel mitbrachte. Das habe ich dieser braven Bäuerin nie vergessen.

Vater sagte immer, drei Laib Brot müssen für einen Tag langen. Doch es reichte nicht immer, wir aßen dann wieder die Schweinekartoffeln, und der Vater sagte, ihr Kinder eßt mich noch arm. Beim Essen saß das eine kleine Kind auf Vaters Schoß und links und rechts auch eines, die langten alle in Vaters Teller. Abends gab es zumeist Dampfnudeln, die konnte ich recht schön machen, mit brauner Kruste. Ich gab sie mit der Kruste nach oben in eine große Schüssel, die wurde auf einen eisernen Dreifuß gestellt, und unten drinnen stand eine große Schüssel mit Gurken, Milch oder Kletzenbrühe. Das sah recht appetitlich aus, so daß wir wieder neuen Hunger bekamen. Es mußten immer ganz große Portionen sein, zwei Tiegel oder Reinen voll. Den Großvater haben wir auch nicht vergessen, dem habe ich sein Essen in seine Kammer gebracht, nur weiche Sachen, denn er hatte keinen Zahn mehr.

Als der Großvater noch besser zu Fuß war, da ging er ganz früh fort in die Kirche. Der

Michl mußte mit, weil der Großvater unterwegs immer an der gleichen Stelle in den Wald ging und unter dem gleichen Baum seine Notdurft verrichtete. Anziehen konnte er sich nicht mehr allein, deshalb war ja der Michl dabei.

Der Großvater hatte ein Hemd mit vorn am Hals zwei Knopflöchern, da mußte man ein Kragenknöpferl durchstecken, und auf der vorderen Seite konnte man das Knöpferl umkippen. Dann kam die aus weißem Leinenstoff gefertigte, ganz hart gestärkte Brust, die war breit wie der Oberkörper, und unten konnte man sie noch ein bißchen in den Hosenbund stecken. Oben beim Kragenknöpferl wurde eine Krawatte eingehängt. So sah man das alte Hemd nicht mehr, das er darunter anhatte. An die Füße zog er Schnallenschuhe an, auch Gummistutzen hatte er zum Anziehen. Die hatten links und rechts einen schwarzen dehnbaren Gummi am Knöchel eingenäht. Die Hosen waren sehr eng und hatten Hosenträger. Zur Arbeit trug der Großvater immer eine blaue Leinenschürze, die um den Hals und um den Bauch ein schmales, blaues Leinenband hatte. Er arbeitete nie ohne seine Schürze, die man Fetzen nannte. Bei uns auf dem Lande gibt es heute noch Stoff für solche Fetzen zu kaufen. Es ist das gleiche blaue Leinen.

Tagsüber hatte der Großvater seinen Platz auf der Ofenbank, da waren wir Kinder oft ganz nahe bei ihm. Seine grauen Haare standen vereinzelt in die Höhe, in den Ohrläppchen waren kleine Goldplättchen. Das sollte für die Augen gesund sein. Seine rechte Hand lag auf dem Ofensims, und wir Kinder faßten die lockere Haut auf seiner Hand und dehnten sie. Das durften wir alle machen, nur der Alfons nicht, den konnte er nicht leiden. Statt Alfons sagte er immer Atterl zu ihm. Wenn ich Knödel machte, hat mir der Großvater das Brot geschnitten.

*

An den Winterabenden heizten wir den Ofen fest ein, die Stube war warm. In der oberen Stube, genau über dem Ofen unten, war ein Kachelofen, der vom unteren Ofen mitbeheizt wurde. Er hatte Hufeisenform, und man konnte sich in seine Bucht hineinsetzen. Da haben wir Kinder einander immer wieder herausgezerrt, wenn eins zu lange drinnen blieb, denn die anderen wollten sich auch vor dem Schlafengehen aufwärmen. Der Vater legte ein Brettchen auf den Stubenofen und setzte sich darauf, so daß es oft brenzlig roch, das war dann Vaters Hose. Der Vater rauchte am Abend gerne eine kurze Pfeife mit billigem Tabak, den Kloben, wie er seine Pfeife nannte. Und über dem Tisch hing eine Petroleumlampe mit einem gläsernen Schirm, das war recht gemütlich. Der Vater mußte unheimliche Geistergeschichten erzählen, vom Krieg, den er mitgemacht hatte, und von Mordsachen. Großvater erzählte, wie er von Eggenfelden nach Passau mit den Pferden schweres Langholz gefahren hat. Oft ging das Petroleum in der Lampe aus, und je dunkler es in der Stube wurde, um so lebhafter wurden wir Kinder. Da wurde blind Mäuschen gefangen, man stieß überall an, das war sehr lustig. Von dem Petroleumrauch bekamen wir ganz schwarze Nasenlöcher und schwarze Bärtchen, darüber mußten wir lachen.

Während meine Geschwister dem Vater zuhörten, hatte ich auf dem Tisch eine Handnähmaschine stehen, ich mußte fleißig flikken. Dazu war noch ein kleines Öllämpchen nötig, das stand auf einem Literhaferl, sonst hätte ich die Naht nicht sehen können. Wenn der Vater mit den Geschwistern zu Bett ging, durfte ich noch lange nicht mit dem Nähen aufhören, erst um zehn Uhr abends. Oft schlief ich vor Müdigkeit ein, da klopfte der Vater oben auf den Boden und rief, was ist mit dir, ich höre die Nähmaschine nicht mehr. Da wurde ich wieder wach und nähte weiter.

Einmal brauchte ich einen größeren Leinenfleck zum Bettwäscheflicken. Der Vater wollte ihn mir aus der oberen Stube holen. Da stand ein breiter Schrank, in dem waren zwei große Ballen mit Leinen. Das hat die Mutter selbst gewebt, ein Ballen war grobes und einer sehr feines Leinen. Wie nun der Vater den Schrank aufmachte, war kein Leinen mehr da. Da schaute sich der Vater weiter um. Im Glaskasten fehlte eine goldene Riegelhaube mit den echt goldenen und silbernen Nadeln, und der ganze Schmuck der Mutter war auch weg. Der Vater sagte, das müssen die Haushälterinnen mitgenommen haben.

Die Winter waren damals viel kälter, es gab

viel mehr Schnee als heute. Selten hatten junge Leute Unterwäsche und Handschuhe, auch wir Kinder nicht. Überall sah man große Eiszapfen hängen. Der Schnee auf der Straße wurde von den Männern weggeschaufelt. Einen Schneepflug gab es noch nicht. Von allen Seiten war man eingemauert. Manchmal gingen die Schneemauern fast bis zum Lichtdraht am Straßenrand. Ab und zu kam ein Pferdeschlitten die Straße entlang. Das Läuten der Glöcklein hat man schon von weitem gehört. Wenn der Schlitten dann im Trab an uns vorbeikam, rochen wir den Dung der Pferde, und wir Kinder drückten uns mit den Schulranzen an die Schneewand, damit uns auf der engen Straße nichts passierte. Viele Sperlinge saßen auf den Pferdeäpfeln und suchten sich heraus, was noch zu fressen war. Manchmal lag auch ein toter Vogel auf der Straße, der erfroren oder verhungert war. Der tat uns sehr leid.

Als Wärmflasche hatten wir Dachziegel und große Kieselsteine. Gegen Abend wurden diese ins Bratrohr und auf die Herdplatte und, wenn sie dann heiß waren, ins Bett gelegt. Auch bei Zahnweh tat so ein Ziegel gut.

Man wärmte sich auf dem Kissen eine Stelle, legte sich mit der schmerzenden Stelle drauf, und wenn dann noch vorgelesen oder gesungen wurde, war der Schmerz schon leichter zu ertragen. Mir ging es nicht so gut, wenn ich Zahnweh hatte. Oft mußte ich in der Kälte Wäsche waschen, denn die Waschbank stand draußen im Backofenhaus und war auf der Südseite offen. Das war im Sommer schön, aber im Winter pfiff der Wind und trieb den Schnee hinein. Da hatte ich dann ein dickes Tuch um den Kopf gebunden, der ganz verschwollen von Zahngeschwüren war. In kurzer Zeit war die Wäsche angefroren, da mußte ich herunter vom Schemel und die Wäsche erneut ins heiße Wasser legen. Da wir neun Personen waren, gab es viel Wäsche. Meine Hände waren ganz rot und blau gefroren. Und viel habe ich geweint.

Bis der große Schnee kam, gingen wir in Holzschuhen, und wenn einer im Dreck stekkenblieb, zogen wir ihn mit der Hand wieder heraus. Damals standen im Schulhausgang viele Holzschuhe, die kamen oft durcheinander, und es war immer ein Gerangel, bis jedes Kind seine Holzschuhe wiedergefunden hat.

In der Schule saßen wir oft in nassen Strümpfen. Handschuhe, die ich und meine Schwester gestrickt haben, gab es immer zuwenig. Die Kleinsten brauchten auch schon welche, zum Schlittenfahren und Schneemannbauen. Hosen wurden jeden Tag zerrissen. Da zwang mich mein Vater, bis um zehn Uhr abends zu nähen und zu flicken, wenn alle anderen schon im Bett lagen. Auch er ging zu Bett. Wenn es mir dann gar zuviel wurde, ging ich in die Speisekammer, machte die Tür ganz auf und stellte mich hinter die aufgeschlagene Tür. Da konnte ich mich verstecken und weinte mich aus.

Ich weinte so bitterlich, daß meine Schürze ganz naß wurde. Mir fiel dann immer ein, daß wir keine Mutter mehr haben. Warum ist gerade unsere Mutter gestorben, wo wir doch so viele Kinder sind? Dann habe ich mein Gesicht gewaschen, damit keiner merkt, daß ich geweint habe. Oft haben sie mich gefragt, warum die Schürze so naß und so zerknittert ist, aber ich habe es niemandem gesagt. Wenn zweimal in der Woche Handarbeit war, steckte mir der Vater eine alte, oft noch schmutzige Hose in den Schulranzen, die sollte ich in der

Schule flicken, andere Handarbeit sei nicht nötig. Ich schämte mich, meine Handarbeit aus dem Ranzen zu nehmen. Da kam die Lehrerin und nahm sie heraus. Alle Kinder lachten über mich, ich habe mich sehr geschämt. Die anderen Kinder hatten Stickereien dabei, lauter schöne Sachen. Die Lehrerin hat dann die Mädchen zurechtgewiesen und gesagt, sie könnten froh sein, daß sie noch eine Mutter haben. Drei Mädchen waren dabei, die haben mich nicht ausgelacht, die hatten Mitleid mit mir. Sie waren daheim von ihrer Mutter aufgeklärt worden.

Ich durfte in der Pause mit den anderen Kindern nicht mitspielen, weil ich keine Hose anhatte, so lehnte ich an der Wand und schaute zu. Eines Tages kam die Lehrerstochter zu mir, zeigte mir das große Wasserbekken im Lehrerhaus und sagte, ob ich das in der Pause vollpumpen wolle. So pumpte ich dann jeden Tag den großen Krand voll und bekam dafür von der Lehrersfrau ein Mittagessen. Einmal kamen andere Kinder und wollten mich wegdrücken. Aber die Frau ließ es nicht zu. Sie schenkte mir auch einige Kleider von ihren Töchtern. Da waren nun viele

Kinder neidisch und nannten mich das Lehrerhaferl. Ein Kleid war mir zu kurz. Da machte der Vater einfach den Saum auf, doch nun hingen schnell die Fäden herunter. Ich pumpte in der Pause wieder Wasser, da kreischte hinter mir die Mesnersfrau, du Schlampe, du bist doch alt genug, daß du deinen Rock einnähen könntest. Ich schaute auf den Rock und schämte mich sehr. Am nächsten Tag ging die Mesnersfrau an mir vorbei und musterte mich genau, ich hatte den Rock aber schon eingenäht. Der Vater sagte, wir Mädchen brauchen keine Handschuhe, wir können unsere Hände auf dem Schulweg in unsere Schürzen einwickeln. Aber weil wir weder ein Höschen noch ein Unterkleid, auch keinen Mantel, nur ein dünnes Kleidchen anhatten, fror uns trotzdem. Die Buben hatten es besser, die hatten eine Unterhose und eine Hose mit Leibchen. An der Hose war hinten ein Türchen zum Aufknöpfen, wenn sie mal mußten. Eine Joppe aus dickem Stoff, Haube und Handschuhe hatten sie auch. Durch die vielen Flicken war ihre Kleidung noch wärmer. Im Winter und an Regentagen wußten wir gar nicht, wo wir all die nasse

Wäsche aufhängen sollten, und zum Wechseln war nichts da. Neue Kleidung gab es selten. Zu Weihnachten brachte die Meierledermutter immer einen großen Korb voll Sachen für uns Kinder, auch Weihnachtsgebäck. Das war immer etwas ganz Unerhörtes, und wir redeten noch lange davon.

*

Wenn der Frühling kam, ging es uns besser. Der Vater ging mit den Buben zum Futtereinbringen, ich mußte die Kühe melken. Aber das war nicht so leicht, ich brauchte die Kraft beider Hände, um eine Zitze zu melken. Bevor nicht alle Kinder aus dem Haus und die Kleinen versorgt waren, durfte ich nicht zur Schule gehen. So kam ich immer zu spät. Der Lehrer hatte viel Verständnis, aber der Pfarrer nie. Der schimpfte mich jeden Tag, weil ich nicht zur Schulmesse kam. Er sagte, ich müsse eben früher aufstehen, meine Brüder kämen ja auch. Ich war sehr traurig, weil ich ja nichts dafür konnte.

Weil wir so fleißig waren, durften wir uns im Frühling etwas wünschen. Franz und

Michl bekamen ein kleines Schafböcklein, es war im Winter spät geboren, und der Schäfer gab es dem Vater. Der Schäfer hatte wohl an die 400 Schafe, als er über unsere Wiesen zog. Hans durfte die Tauben behalten, die uns zugeflogen waren. Meine Schwester, die zwei Jahre jünger war, und ich wünschten uns kleine Entlein. Jeder war nun für sein Vieh zuständig. Die Entlein meiner Schwester bekamen zum Erkennen ihr Schwänzlein abgeschnitten. Jeder hat sein Vieh fleißig gefüttert, damit es größer und schöner wird als bei den anderen. Hasen, Katzen und einen Hund hatten wir auch, der war gut abgerichtet, und niemand hätte uns Kindern auch nur nahe kommen dürfen.

Oft mußten wir mit dem Vater in den Wald gehen, um die vom Schnee und Sturm abgebrochenen Äste zu sammeln. Der Vater versprach den Fleißigsten zwei Pfennige, den andern nur einen Pfennig. Wenn wir das Geld wirklich bekamen, was nicht immer so war, mußten wir uns Griffel oder Bleistifte kaufen. Übriges Geld war nie, auch Vater hatte kaum einmal etwas. Es konnte auch nicht anders sein, denn 30 Eier kosteten eine Mark, und wir hatten ja kaum etwas zu verkaufen, weil wir Kinder alles brauchten. Oft kam der Gerichtsvollzieher, weil der Vater die Steuer nicht bezahlen konnte. Dann mußten alle Kinder antreten, da ging er wieder fort.

Von den drei Entlein meiner Schwester wurde keines groß, sie sind alle in den Brunnen gefallen. Meine wurden groß und später von uns allen gegessen. Am schlimmsten war es mit dem Schafbock, der wurde schnell ausgewachsen und stark. Die Buben lernten ihm das Stoßen. Da stieß der Schafbock dann auch uns Kinder nieder, und das freute den Schafbock.

Einmal stand der Großvater vor dem offenen Scheunentor. Er hatte einen großen Holzprügel in der Hand und sagte zum Bock, komm nur her, dann schlag ich dich tot, aber dann sah er ein bißchen zur Seite, und schon hat ihn der Bock zum Tor hinausgestoßen. Eines Morgens, noch vor sechs, gingen drei Schneiderinnen an unserem Haus vorbei. Der Bock graste auf der Wiese. Als er die drei Weiber sah, konnte er es nicht lassen, lief hin und stieß alle drei zu Boden. Da lagen sie nun, die Nähmaschinen auf dem Rücken, ihr Handgepäck auf dem Boden verstreut, und schrien so laut, daß wir es im Hause hörten. Wenn eine aufstehen wollte, stieß der Bock sie wieder nieder. Da rannten die älteren drei Brüder los und führten den Bock heim. Je einer faßte ihn links und rechts an den Ohren, und der dritte faßte ihn am Schwanz. Sie waren sehr stolz auf ihren Bock, weil er so gute Arbeit geleistet hatte. Unser Franz ging einmal zur Schule, der Schafbock stieß ihn nieder, und weil das schon weitab vom Haus war und niemand ihn hören konnte, mußte er liegenbleiben, bis die anderen Kinder von der Schule zurückkamen und ihn fanden.

Unsere Mutter war mit 39 Jahren gestorben, und eineinhalb Jahre nach ihr starb der Großvater, mit 91 Jahren. Es tat uns nun sehr leid, daß wir ihm keine Heidelbeeren gebracht hatten, als er noch lebte. Er hat vom Fenster seiner Kammer gerufen, wir sollten ihm welche bringen, wenn wir drunten spielten. Vielleicht wollte er uns nur wegschicken, weil es ihm zu laut war.

Wenn Ostern war, wurden am Gründonnerstag die ersten Eier gefärbt. Wer dann zu Besuch kam, hat ein gefärbtes Osterei bekommen, auch die Kinder, die zu unseren Kindern kamen. Wenn wir zu jemandem gingen, war's genauso. Dieser Brauch hat sich bis heute gehalten. Wer Dienstboten hatte, erlaubte den Knechten am Karfreitag und den Mägden am Karsamstag, sämtliche Eier abzutragen, die die Hühner am selben Tag gelegt hatten. Wer am Palmsonntag als letzter am Morgen vom Bett aufstand, wurde der Palmesel genannt und mußte sich schämen. Man hatte damals für jeden Monat viele Bauernregeln, die man bis heute nicht vergessen hat.

*

Es wird auch in diesem Jahr wieder viel Wein geben, weil die Weinstöcke noch keine Augen haben. Es heißt: Ist die Rebe Georgi noch blind, wird sich freun Mann, Weib und Kind. Wenn ich jetzt bei mir ums Haus gehe, sind alle Reben noch blind. Voriges Jahr war es auch so, und ich hab ganze Körbe voll Trauben bekommen, das gibt viel Saft. Der Kuckuck kommt am 18. April, das hat schon der alte Onkel gesagt, und das stimmt auch, da hört man ihn zum erstenmal schreien. Und die Schwalben kommen an Maria Verkündung, am 25. März, und am 8. September fliegen sie wieder fort.

*

Früher waren bei allen Bauernhäusern Schwalben einquartiert. Es gab in den Schlafzimmern keine Weißdecken, sondern offene Holzbalken. Da mauerten die Schwalbenpaare ihre Nester mit viel Mühe auf. Das waren reine Kunstwerke aus Lehm und altem Gras. Ein Mensch hätte das nicht schöner gemacht. Als wir Kinder noch klein waren, haben wir die Vögel genau beobachtet. Zuletzt kamen in das Nest noch kleine Federl, damit es warm war. Unter das Nest am Boden haben wir dann Papier untergelegt. Und so fröhlich waren die Schwalben, haben uns viele schöne Lieder gesungen. Plötzlich waren Junge im Nest. Die Alten haben sie eifrig gefüttert. Fliegen, Heuschrecken, Mücken und Käfer haben die Alten für ihre Kinder gefangen und in die Schnäbel hineingestopft, die reihenweise aus dem Nest herausschauten. Beim Rausfliegen nahmen die Alten den Kot mit hinaus, so daß das Nest immer sauber war. Die Fenster im Schlafzimmer mußten immer offenbleiben, damit die Schwalben nicht behindert waren.

Jetzt gibt es nur selten so ein altes Holzhaus, und niemand läßt die Schwalben mehr ins Haus. Es gibt noch Schwalben in den Ställen, aber sie sind des Lebens nicht mehr sicher, weil die Fliegen vergiftet werden. Einige nisten jetzt im Freien unterm Dach, aber es sind viel weniger als früher.

Nun legten die Hühner auch wieder Eier, und der Eiermann holte sie ab. Der stellte seine Kirm auf dem Tisch ab und musterte die ganze Stube. Dann zeigte er mit seinem Stock in den Herrgottswinkel und sagte, das nächstemal möchte ich diese Spinnweben dort nicht mehr sehen. Ich habe mich sehr geschämt und dies bis heute nicht vergessen. Er hat dann auch keine mehr gesehen.

An einem Samstag bekamen wir hohen Besuch, drei Klosterfrauen, Verwandte aus dem Kloster Mallersdorf. Die setzten sich auf die Stubenbänke und fragten mich nach dem und jenem. Dann fragten sie, ob ich heute am Samstag nicht ausputzen würde. Das tue ich jeden Samstag, sagte ich. Da meinten sie, das möchten sie sehen, sie würden so lange warten, bis ich geputzt habe. Da dachte ich mir, wenn das so ist, dann werde ich euch Weibern helfen, dann mache ich es auf die ganz schnelle Art. Euch werde ich hinaushelfen! Ich nahm einen vollen Eimer warmes Wasser, Schrubber, Besen, Putzlumpen. Dann ging's los. Zuerst alle Kleidungsstücke an die Holzbalken gehängt, das Wasser mit Schwung über den Boden geschüttet, denen unter die Füße. Ich rannte barfuß mit dem Schrubber umher, daß es nur so spritzte. Da haben sie ihre Füße hochgezogen und ihre schwarzen Röcke in acht genommen. Dann kehrte ich das Wasser mit dem Besen vom Holzboden weg auf das Pflaster neben dem Ofen, da war ein Loch, da konnte ich das Wasser wieder herausschöpfen. Und nun mit dem Putzlumpen über den Boden, in einer halben Stunde war die Arbeit geschehen, und die drei Weiber waren draußen. Der Vater hätte das nicht sehen dürfen. Aber meine Geschwister haben es ihm doch erzählt, da hat er gelacht.

Ganz wild wurde der Vater immer, daß der kleine Bruder schrie, wenn er seinen Schnuller verloren hatte. Wir suchten dann oft lange, aber manchmal hat ihn einer der Größeren zu leihen genommen, und wir suchten vergeblich. Der Kleine ließ sich nicht beruhigen, bis er ihn wiederhatte.

Wenn der Vater in die Stadt ging, freuten wir uns sehr auf sein Kommen. Wir schauten ständig auf die Uhr, bis wir ihn endlich im Talgrund sahen. Den Hang hinab liefen ihm dann fünf Kinder entgegen. Er hat nie vergessen, Salzbrezen mitzubringen, und für je zwei Kinder teilte er eine Brezen. Meistens hatte er fünf dabei.

Nie mehr habe ich so gute Brezen gegessen. An meinem Erstkommunionstag aber war ich sehr enttäuscht. Alle Kinder machten schon vorher große Sprüche, daß sie mit ihren Eltern am Nachmittag ins Wirtshaus gehen dürften. Nach der Andacht standen mein Vater und ich auf dem Kirchplatz. Die anderen Eltern waren mit ihren Kindern schon im Wirtshaus, aber mein Vater redete noch immer mit den Männern. Da zupfte ich ihn an und sagte, mich hungert, bekomme ich eine Brezen? Doch er sagte, dich kann nicht hungern, du brauchst keine. Wir gingen nun gleich nach Hause, und er hat mich den halben Weg lang immer nur geschimpft.

In der Schule kam einmal der Hauptlehrer zu mir und fragte mich, ob ich mir eine Theatervorführung in der Schule anschauen dürfte. Meine Brüder verneinten, der Vater hätte es nie bezahlt. Da sagte der Lehrer, er würde es uns bezahlen. Nun erlaubte es der Vater. Das war für mich ganz überwältigend, in der ganzen weiteren Schulzeit habe ich kein Theaterstück mehr gesehen. Es war von Hänsel und Gretel.

Wieder einmal kam ein Eierkarrer zu uns, um die Eier aufzukaufen. Er hatte einen alten Kinderwagen dabei, an den er einen großen Hund eingespannt hatte. Der Hund trug ein schönes Geschirr, wie ein Pferd, er zog den Wagen ganz allein, gut gefüttert war er auch. Unser Hund, der Schockerl, war nur ein kleiner Hund, meine Brüder hatten ihn aber gut abgerichtet. Wir Kinder warteten alle schon immer gespannt auf den Eiermann. Wenn er sich dem Hof näherte, ließen die Buben den Schockerl los und hetzten ihn auf den großen Hund. Im Handumdrehen war die schönste Hunderauferei im Gang, der große Zughund riß sich von seinem Geschirr los, daß es in Fetzen ging. Das war für uns Kinder das Höchste. Der Mann mußte seinen Wagen selber schieben, und unser Hund war halt doch der beste Kämpfer. Da verlangte der Eierkarrer, wir müßten unseren Hund immer einsperren, wenn er am Montag kommt. Drum war der Schockerl nun im Haus und gerne auf dem Balkon. Kein Mensch hätte sich ins Haus getraut, so wild war er. Da kam der Eiermann wieder, und der Schockerl lag auf dem Balkon. Da die beiden Hunde bös zueinander waren, bellten sie einander wütend an. Der Schockerl war auf dem Balkongeländer, und der Schaum tropfte ihm vor Wut vom Maul. Der Eiermann hatte seinen Hund vorsorglich ausgespannt. Der nun kläffte in seiner Wut zum Schockerl nach oben. Schockerl verlor auf dem Geländer sein Gleichgewicht und fiel hinunter. Das war ein Kampf! Der Vater und der Eierkarrer schlugen nun mit Stock und Besen auf die ineinander verbissenen Hunde ein, aber alles wurde nur noch ärger. Wir Kinder haben mit Freuden zugeschaut. Es war sehr spannend, und wir hofften, unser Hund möge der Stärkste sein. Er blieb es auch, weil er viel schneller war, der andere war zu fett.

Ein anderes Mal ging ich auf den Balkon und hetzte wieder die Hunde zusammen. Da wurde der Schockerl so rasend, daß er mir die Wäsche von der Leine riß und sie zerriß. Als ich sie ihm wegnehmen wollte, biß er mir durch die ganze Ferse, durch und durch, da war für mich der Spaß aus.

Meine Schwester bekam bald danach ein Lämmchen. Das wurde größer und war nicht so bös, wie der Schafbock es gewesen war. Aber angestellt hat dieses Schäfchen auch mancherlei. Einmal hatte ich einen Teig auf dem Ofen stehen. Weil die Tür offen war, kam das Lamm herein, fand den Teig und fraß ihn mir ganz auf. Oder es kam in die Schlafzimmer, ließ dort seine Spuren zurück, und ich mußte dann alles wegputzen.

Der Vater wurde all dessen oft überdrüssig, so daß er sich auf den Sonntag freute. Da ging er nachmittags zum Rosenkranz und hernach ins Wirtshaus, um sich ein wenig zu erholen. Geld brauchte er kaum, er hatte viele Bekannte, die ihn freihielten. Wir Kinder waren daheim, spielten oder machten Dummheiten. Einmal fanden die Buben neben der Straße an unserem Hof ein Wespennest. Die Buben stachen mit Stangen hinein, da wurden die Wespen bös und flogen alle heraus. Da kam nun ein altes Ehepaar in einem Einspänner ahnungslos dahergefahren. Die Wespen stachen in ihrer Wut auf das Pferd ein, daß es in wildem Galopp den Hang hinunterraste. Die alten Leute hatten Todesangst und schrien ganz laut. Das Pferd sprengte in den Hof ihres Hauses und schleuderte den Wagen an die Stallmauer. Wir hörten ein Krachen, dann war es still. Wir gingen ins Haus und haben dem Vater nichts gesagt. Die alten Leute waren danach lange krank.

Einmal ging eine Frau vorbei, die einen großen Korb auf dem Kopf trug. Da staunten wir Kinder, daß der Korb nicht herunterfiel. Sie redete mit dem Vater, und wir hörten, daß in dem Korb eine Henne mit ihren Küken sein müsse. Die Henne muß wohl unruhig geworden sein, denn plötzlich fiel der Korb mit der Henne und den Küken herunter, und wir hatten Mühe, alle zwanzig wieder einzufangen. Die Frau aber stellte den Korb wieder auf den Kopf und ging heim.

An einem Sonntag gegen Abend, der Vater war im Wirtshaus, zog ein Gewitter auf. Die Buben stiegen auf den höchsten Kirschbaum, von dem aus man bis zur Kapelle sehen konnte, und schauten, ob der Vater schon kommt. Aber er kam nicht. Die Wolkenwand wurde immer dunkler und zog immer näher heran. Da stiegen die Buben wieder vom Baum, und wir fürchteten uns. Wir gingen alle in die Stube und knieten vor dem Herrgottswinkel nieder, die Kleineren setzten wir auf die Bänke, den Allerkleinsten hatte ich im Arm, und nun beteten wir Kinder ganz laut, damit der Blitz nicht einschlägt, bis der Vater kommt.

Der Blitz hat öfter mal in der Gegend eingeschlagen. Einmal waren wir mit dem Vater in unserem Wald, den großen Wagen ließen wir bei der Eiche stehen. Ein Gewitter stand am Himmel. Wir Kinder hatten Hunger, und der Vater ging mit uns heim. Nur der Franz, er war etwa 14 Jahre alt, wollte nicht heimgehen. Er wollte unter den Wagen kriechen und das Gewitter abwarten. Aber der Vater ließ das nicht zu. Als wir daheim waren, wurde es sehr finster, es war ein schweres Gewitter.

Aber wir fürchteten uns nicht so sehr, denn der Vater war bei uns. Auf einmal war die Stube grell vom Feuer erhellt, ein Donner ließ uns Kinder zusammenzucken, und wir schrien vor Schrecken ganz laut. Ein sonderbarer Geruch lag in der Luft. Als der Regen nachließ, gingen wir mit dem Vater vor den Hof. Da sagte der Vater, unsere große Eiche steht nicht mehr. Der Blitz hatte sie in lauter kleine Stücke zerschlagen. Auch unseren großen Wagen hatte er ganz zerschlagen. Wäre Franz nicht mit uns gegangen, er wäre tot gewesen.

*

Die Kinder wurden größer, die Betten waren zuwenig, obwohl in jedem Bett zwei Kinder lagen. Franz mußte zu einem Bauern in Dienst gehen. Eine Mühle war dort auch, und weil die nun viel Mehl hatten, gab es jeden Tag Brotsuppe. Franz hätte lieber wie daheim auch einmal Milchsuppe gegessen. Die Wäsche brachte er zu mir zum Waschen und Flicken. Ein Jahr später ging auch der Michl in Dienst. Da waren nun schon zwei weniger zum Essen daheim. Der Hans war jetzt auch kräftiger geworden, und der Vater war zufrieden. Er machte ein Gesuch, daß ich nach fünfeinhalb Jahren Schulzeit die Schule verlassen dürfe, dafür aber zwei Jahre länger in die Sonntagsschule gehe. So konnte ich mich dann mehr der Hausarbeit annehmen und der kleineren Geschwister.

An einem Sonntag ist der Sepperl spurlos verschwunden. Alle suchten und riefen nach ihm. Der Vater suchte mit einer Stange in der Wassergrube und war ganz verzweifelt. Stunden suchten wir! Auf einmal sah eins von uns Kindern den weißen Kopf des Buben aus dem Gras der Wiese herausschauen. Wir liefen hin und holten den Sepperl. Er war beim Blumenpflücken eingeschlafen.

Die Meieredermutter hat uns immer geholfen. Sie schickte uns Honigwaben, voll mit Honig. Die habe ich in einen Tiegel gegeben und langsam warm gemacht, so hat sich der Honig vom Wachs abgesondert, und wir bekamen ein großes Glas mit reinem Honig. Das Schlechtere haben wir in Milch heiß gemacht, nach dem Erkalten ließ sich dann das Wachs leicht herausnehmen, denn es schwamm oben. Die Honigmilch haben wir zu Dampfnudeln und Rohrnudeln gegessen.

Im Sommer, bevor die Sonne richtig unterging, tanzten draußen die Mücken, ein ganzer Haufen, und nicht selten kam uns eine in die Augen oder in den Mund. Je dämmriger und nächtlicher es wurde, um so unheimlicher wurde es uns Kindern. Manchmal sagte jemand, paßt auf, was man alles hören kann. Es flogen große Brummer, Bienen, auch Hornissen, und im Wald flogen krähend die Fasanen auf die Fichten zum Schlafen. Die Rehböcke schrien ein lautes Bäh, als wären sie noch einmal aufgeschreckt worden oder als ob sie sich noch einmal mit den anderen verständigen wollten. Zu zweit holten wir Bänke aus der Stube, einen Eimer mit Wasser mußten wir auch noch haben, in dem wuschen wir uns eins nach dem andern die Füße.

Es wurde allmählich dunkel, da sahen wir die Fledermäuse fliegen. Wir hatten viele, die waren bei Tag unsichtbar, da haben sie mit den Füßen aufgehängt unterm Dach in einem ganz dunklen Winkel geschlafen. Alle Nachtkäfer und Falter kamen aus ihren Schlupfwinkeln, und jedes Tier machte einen großen

Lärm. Und dann erst die vielen Frösche in der Wassergrube hinter unserem Haus! Das ging in einem Geschrei Quak, Quak, Quak, tausendmal. Und da war einer dabei, das muß schon ein alter gewesen sein, weil er langsamer und mit einer viel tieferen Stimme quakte. Wenn wir Kinder sie schreckten, waren sie für einen Moment still, dann ging's wieder weiter. Einmal waren wir mit dem Vater im Obstgarten, da flog ein ganz großer Vogel nahe an uns vorbei, da sagte Vater, Kinder, das ist eine Eule. Sie flog ganz leise auf uns zu und war fast schon auf dem Boden. Manchmal hörten wir die Eulen in der Nacht schreien, die schreien Hu, Hu, und Käuzchen gab es auch, die haben in der ruhigen stillen Nacht und manchmal auch bei Tag wie Miau geschrien. An dem uns gegenüberliegenden Hang standen ganz große alte Kiefern, da hatten die Käuzchen ihr Zuhause.

Hasen und Rehe kamen auch bis zum Haus aus dem Wald heraus. Manchmal hatte sich auch eine Ratte bei uns eingenistet, die aber kein langes Leben hatte. Igel waren nicht selten, die durften schon dableiben. Autos sahen wir fast nie, da mußte man schon auf eine andere, größere Straße kommen, aber auch auf ihr gab es nur wenige. Ganz selten flog auch einmal ein Flieger über uns, dann liefen wir alle aus dem Haus und suchten ihn in der Luft. Einmal flog ein Flieger über das Haus, da sind die Gänse so erschrocken, daß sie auf den Hintern gefallen sind.

Vaters Stiefvater, der Girgl, war auch in der Nachbarschaft, er kam wöchentlich zweimal zu uns. Er hatte zwei Hunde, der große war grantig, den durften wir nicht streicheln. Ich mußte dem Girgl immer die Füße waschen, Nägel schneiden und Hühneraugen entfernen, dafür bekam ich zwei Wienerwürstl. Die Kinder wollten alle auch einmal abbeißen, da habe ich an der Hand vorne nur wenig herausschauen lassen, sonst hätte ich selbst gar nichts erwischt.

Der Girgl fischte gerne. Er hat mit unseren Buben ausgemacht, daß er um elf Uhr nachts kommen werde, mit Netz, Fischstecher und Angel. Die Buben gingen mit, nahmen zwei Jutesäcke und eine Laterne mit und Holzspäne zum Leuchten. Das Fischwasser gehörte dem Baron. Gegen Morgen, wenn die Leute noch schliefen, kamen sie mit ihrer

Beute heim, sie konnten kaum alles tragen. Die zwei Säcke waren fast voll mit Krebsen, mit großen und kleinen Fischen. Die Buben waren so begeistert, daß sie bald wieder gehen wollten. Der Vater richtete die Krebse und ich die Fische her. Sie wurden entschuppt, in Salzwasser gelegt und gebacken. Einen Teil nahm der Girgl mit heim. Mit dem Girgl hatten wir Kinder auch sonst noch Spaß. Er hatte eine sehr große Nase, und ihr Schatten an der Wand reizte uns zum Lachen. Der Vater wies uns dann aus der Stube, aber wir guckten durch einen Türspalt hinein und kicherten draußen weiter.

Die Buben wußten in unserem Wald alle Nester von den Wildtauben, den Eichelhähern oder Krähen, und sie versäumten nie, die Jungen rechtzeitig herauszunehmen. Auch von unseren Tauben hatten wir im Sommer viele Junge. Der Hans ging oft zum Taubenmarkt, da hat er seine Tauben an Leute verkauft, wo er wußte, daß die Tauben wieder zu uns zurückfinden würden. Das brachte Geld, und die Tauben wurden kaum weniger. Wenn aber der Hans mit den Händen in den Taschen auf dem Hof stand und den Tauben pfiff, schimpfte der Vater, weil Hans zu keiner Arbeit kam. Auch das Fangen der Maulwürfe brachte Geld ein. Sie wurden gehäutet und die Fellchen zum Trocknen auf Brettchen gespannt. Die Sommerpelze waren nichts wert und brachten höchstens einen Pfennig, aber die Winterpelze brachten schon fünf bis zehn Pfennige.

Einmal kam auch der Herr Pfarrer des Wegs. Er hatte einen großen Hund dabei. Der Pfarrer ging aber bei uns nicht ins Haus, sondern zum Häuschen, weil er ein Bedürfnis hatte. Den Hund band er am Türchen an. Ich sagte zu meinen Brüdern, was macht der Hochwürdige denn da drinnen, wenn er müde ist, kann er sich doch in der Stube ausruhen. Ich meinte, ein so heiliger Mann muß doch so was nicht. Da lachten die Buben unbändig und voller Spott, und ich war wieder ein Stück aufgeklärt.

Wie die Buben dann größer waren, gingen sie mitsammen Rauhnachtsingen, damals gingen nur die Ärmsten. Da haben die Bäuerinnen 100 und mehr Küchl gebacken zum Verschenken. Meine Geschwister haben oft den ganzen Tischladen voll heimgebracht.

Wenn's dann manchmal bei einer Bäuerin zuwenig wurden, ging die schnell ins nächste Haus und hat selber noch einige heimgebracht für die Sänger. Unsere Nachbarin hat weit und breit die größten und schönsten Küchl gehabt, ganz lange, ausgezogene. Sie hat am Ofen gestanden, unermüdlich, ein Kopftuch auf, von dem seitlich zwei Zipfel davongestanden sind. Sie war freundlich, aber gelacht hat sie fast nie.

Ihr Hof war groß, mit viel Wald und Vermögen, das sie fest zusammenhielt. Dienstboten gab es auch, die Tag und Nacht überwacht wurden. Für die Schulkinder, die ihre Kinder abgeholt haben, hat sie schon am Morgen etwas gegeben, entweder ein Butterbrot oder einen Apfel. Einen Obstgarten hatte sie, groß wie ein Wald. Auf diesem Hof hat noch eine alte blinde Frau gewohnt. Sie hat im Haus geholfen und hat ihre Arbeit genauso gemacht, als ob sie sehen würde. Freilich durfte nichts im Weg stehen oder liegen, sonst ist sie drübergefallen.

Wenn die Bittage waren, gingen die Leute in einer Prozession mit einer Kirchenfahne voran zu einer Kirche der anderen Pfarrei durch die Felder und beteten um eine gute Ernte. Von jedem Haus war jemand dabei, das gehörte sich so. Die Schulkinder mit dem Lehrer voraus, es war ein langer Zug. Bei der anderen Kirche wurde dann das Schaueramt gelesen, und nachher war eine längere Pause bis zur Rückkehr. Wenn wir dann von Neuhofen nach Schönau gingen, das war ja beinah Ausland, kamen in der Pause im Handumdrehen die schönsten Raufereien mit den dortigen Dorfbuben in Gang, und meine Brüder waren da fest dabei, der Hans und der Michl voran. Die Neuhofener hielten sich tapfer, und das war die Hauptsache. Diese Raufereien wurden auch unter den Burschen auf dem Tanzboden ausgetragen. Da hätte ja jeder Auswärtige daherkommen können und ein Mädchen abspenstig machen können, wenn da nicht die rechte Ordnung eingehalten worden wäre! Damals kam es oft zu Messerstechereien, jedes Mannsbild trug damals noch ein feststehendes Messer mit sich. Bei so einer Rauferei am Kammerfenster ist einer durch einen Stich ins Herz ums Leben gekommen.

Meine Brüder nun, die waren da schon ein

wenig abgehärtet, denn der Lehrer hatte ein besonderes Auge auf sie. Sie wurden immer zusammen mit ihren Freunden in der Schule aufgerufen, und wenn sie die rechte Antwort nicht wußten, was ja meistens war, dann sagte der Lehrer nur, Traunspurger, Traunspurger, das waren meine Brüder, und Vilstaler, Niedermeier, und die vier bekamen ihre Tatzen.

Auch ich mußte einmal vor den Kindern heraustreten. Der Lehrer erklärte die Schädelformen der verschiedenen Rassen, und da gab es nun die nordische, die ostische, und ich war das Beispiel für die dinarische Rasse, da konnten sich die Kinder vor Lachen nicht halten, und ich war »die Narrische« geworden.

Spitznamen waren bei uns in der Gemeinde ohnehin recht der Brauch. Ein Mann hatte eine Kellnerin aus der Stadt geheiratet, da kam das Gespräch einmal auf den Kuckuck. Diese Frau hatte nun ein wenig mehr Wissen als die Hiesigen und belehrte die anderen, daß das Kuckucksweibchen nur ein Ei legt. Fortan war sie ihr Leben lang das Kuckucksweibchen, nur mit dem Unterschied, daß sie zwei Eier gelegt hat, ihre beiden Söhne, die sind im Krieg alle zwei gefallen.

*

Damals waren viele Bettler unterwegs, es war ja eine große Arbeitslosigkeit. Der Vater legte in einen Zinndeckel etwa zehn bis fünfzehn einzelne Pfennige. Die Bettelmänner klopften an das mittlere Stubenfenster, und jeder bekam einen Pfennig, den die kleinen Kinder hinausreichen durften. Manchmal wollte auch einer arbeiten, aber der Vater konnte nichts bezahlen und machte seine Arbeit darum selber. Fünfzig Pfennig hätte der Bettler nur verlangt fürs Strohschneiden. Der Vater machte das mit der Schneidebank. An ihr war ein langes Messer angebracht, das hob der Vater an, schob das Futter ein Stück nach vorn und drückte das Messer wieder nieder, wobei er mit dem Fuß diesen Vorgang unterstützte. Jedes Mal quietschte es, und wir Kinder hatten unsere Freude daran.

Es kam auch einmal ein Bettelmann, den haben wir gefürchtet. Er wollte uns eine Sonnenuhr zeigen, da gingen wir Kinder alle mit.

Er konnte aber nichts herzeigen und wollte dann die Buben wegschicken, um mit uns zwei Mädchen allein zu sein. Da liefen wir lieber ins Haus, machten die Türe zu und schauten verstohlen beim Küchenfenster hinaus. Der Mann saß beim großen Birnbaum im Gras, hatte die Beine gespreizt, und seine Hose klaffte auseinander. Sein Zeug war heraußen und sehr groß, und mit der Hand faßte er immer wieder hin.

Wir schimpften über den Hammel. Nach einiger Zeit nahm er seinen Rucksack wieder auf und ging fort. Dem Vater trauten wir uns nicht, etwas zu sagen. Der Mann kam immer wieder, und einmal überraschte er uns, da war das Haus nicht zugesperrt. Die Buben wollte er in den Wald schicken, dort seien Vogelnester, ganz leicht zu erreichen, aber die Buben gingen nicht. Da ging er auf mich los, griff nach mir, ich schrie und wehrte mich, und die anderen Kinder schrien ebenfalls, so daß er von mir abließ. Aber er kam noch einige Male, wenn der Vater auf dem Feld war, und setzte sich in der gleichen Stellung zum Birnbaum. Dann blieb er aus, vielleicht hat der Vater ja doch etwas gemerkt.

Wenn nachmittags Geschichts- oder Erdkundeunterricht in der Schule war, durfte ich vorzeitig heimgehen, da war für mich die Schule aus. Auf dem Heimweg stand auf einmal ein Mann mit einem großen Hund vor mir und hielt mich an. Er sagte, ich muß mit ihm durch den Wald gehen. Er hielt mich fest. Ich sagte, ich muß schnell heim zu meinen kleinen Geschwistern, die warten auf mich. Er dagegen sagte, wenn ich nicht mitgehe, beißt mich sein großer Hund, der könne mich so sehr beißen, daß ich nicht mehr heimkomme. Er nahm meine Hand, steckte sie in seine Hosentasche und hielt sie fest. Da spürte ich etwas Hartes, und wir gingen weiter. Dann blieben wir stehen. Ich schaute ihn an, er und der Hund schauten mich an. Da sagte ich, dich habe ich schon öfter gesehen, wenn du bei uns warst, du bist der Gerichtsvollzieher. Dann gingen wir schweigend weiter, und an der Abzweigung ging er einen anderen Weg. Er ist nie mehr zu uns gekommen.

Weil ich recht fleißig war, bekam ich eine Geiß. Das freute mich sehr, sie wuchs heran und brachte mir ein kleines Zicklein. Das

Zicklein war ungemein lustig, wenn es seine Sprünge machte, und ich bettelte den Vater, daß ich das Kleine auch behalten darf. Milch gab die alte Geiß nicht viel, aber ich hatte sie sehr lieb.

Da kam nun die Zeit, daß die Geiß zum Bock gebracht werden mußte. Den hatte die Reindlschmiedin, eine alte Hexe mit über sechzig Jahren. Ich kam also mit meiner Geiß und band sie in der Schmiedewerkstatt an. Die Alte machte den Bock im Stall los. Der Bock war stürmisch und freute sich auf meine Geiß, so daß die Schmiedin nicht Schritt halten konnte. Die Alte stolperte vor meiner Geiß und fiel zu Boden, der Bock entkam ihr und mir die Geiß. Es wurde eine wilde Begegnung. Die Schmiedin schimpfte, dem Bock floß der Schaum aus dem Maul, und ich konnte vor lauter Lachen kein Wort sagen. Als ich meine Geiß heimführte, mußte ich noch immer lachen.

Als ich bereits fünf alte und eine Menge junge Geißen hatte, sagte der Vater, entweder kommen die Geißen alle weg, oder ich hau euch alle zusammen raus. So habe ich sie dann verkauft. Das war ein harter Handel. Ich lobte meine Geißen über den Schellenkönig. Eine war schwer zu verkaufen, weil sie keine Euter hatte. Ich gab aber nicht nach. Ich machte dem Mann vor, daß er von Geißen nichts verstehe, ob er denn nicht wisse, daß es die Geißen inwendig haben, und er kaufte sie für dreißig Mark. Das war viel Geld. Gut verkauft, sagte der Vater, er hatte sich in den Handel nicht eingemischt. Nach wenigen Tagen kam der Mann wieder und beklagte sich, die Geiß gebe keine Milch. Der Mann war so vierzig Jahre alt, ich dreizehn. Ich sagte ihm, das liegt am Futter, du mußt sie besser füttern, die anderen Käufer haben sich auch nicht beschwert. Da mußte er wieder abziehen.

Eines Tages mußte ich fortgehen und ein fremdes Haus putzen helfen, das ein Maurer gekauft hatte und das er selbst instand setzte. In der oberen Stube stand ein Bett, dort schlief der Mann nachts. Wie ich da den Schutt und Schmutz wegräumte, fing der Mann an, mich zu loben, und bald kam er auf mich zu, warf mich aufs Bett und versuchte mich zu küssen. Ich schimpfte ihn und wehrte mich, aber er wurde immer brutaler. Ich nahm meine ganze

Kraft zusammen, stieß ihn mit den Füßen in den Bauch und ins Gesicht, er wollte sich auf mich legen, meine Kleider waren verschoben, die Haare zerrauft, aber den Kampf habe ich gewonnen, und ich ging gleich heim. Als seine Frau mich am nächsten Tag wieder holen wollte, ließ mich der Vater nicht mehr hingehen. Die Frau gab mir eine Schürze für die Arbeit.

Gewöhnlich gingen vier Kinder zugleich zur Schule, in einem Jahr aber waren es fünf. Doch wir hatten für den Gottesdienst nur vier Lob Gottes. Ich konnte sowieso nicht oft zum Schulgottesdienst gehen, also gab mir der Vater ein anderes Gebetbuch mit. Einmal schaute der Herr Pfarrer alle Kinder durch, ob sie auch ihr Gebet- und Gesangbuch dabeihatten. Er kam zu mir und erkannte sofort, daß ich ein anderes, ein kleineres Buch hatte. Ich mußte zu ihm kommen, er sah es an und sagte, ach, da schau her, von der allerseligsten Jungfrau Maria hat die ein Buch dabei, warf das Buch weit in den Kirchenraum und schlug mich mit seinen schweren Händen links und rechts so ins Gesicht, daß mir der Hut vom Kopf flog. Alle Kinder haben es gesehen.

Ich kam ganz verweint nach Hause und erzählte alles dem Vater. Da sagte der Vater, das lasse ich mir denn doch nicht gefallen, und ging zur Polizei. Der Polizist ging nun zu den Kindern und befragte sie. Die Eltern, die Pfarrersfreunde waren, verboten ihren Kindern die Aussage, so hatten die eben nichts gesehen. Aber es waren auch genug ehrliche Eltern, deren Kinder die Wahrheit sagten. Zu einer Gerichtsverhandlung ließ es der Pfarrer nicht kommen, aber er mußte 30 Mark Strafe bezahlen. Darauf hat er an den nächsten zwei Sonntagen in der Predigt geschrien, als wäre eine Kirchenverfolgung. Manche Weiber schauten mich in der Kirche deswegen lange an, und ich schämte mich sehr. Mein Vater saß mit unbewegtem Gesicht in seiner Bank. Ich war ihm dankbar, weil er mir geholfen hat. Er war immer ein guter Vater. Der Pfarrer war ein hartherziger Mann, der auch die anderen Kinder oft mit schweren Holzscheiten schlug, die zum Heizen des Ofens in der Schule lagen.

*

Die älteren zwei Brüder waren im Dienst. Sie brachten ganze Rucksäcke mit schmutziger und zerrissener Wäsche nach Hause und sagten zu mir, das hier hole ich mir am nächsten Sonntag, das hier während der Woche, und das hier brauche ich gleich. So arbeitete ich immer auch den ganzen Sonntag und bis um zehn Uhr abends. Ich wünschte mir, auch einmal früh zu Bett gehen zu können wie die anderen, aber da war nicht dran zu denken. Am nächsten Sonntag kam auch schon der nächste Haufen Wäsche, und wenn ich nicht alles fertig hatte, beschimpften mich die Brüder. Oft stand ich in der Ecke, und ein jeder kam her und schlug mich ins Gesicht. Ich konnte doch nichts dafür, es kamen Regentage, und die Wäsche trocknete nicht so schnell. Auch die Schulkinder wurden naß, und ihr Zeug sollte auch trocknen, und die Stube war als Trockenraum zu klein.

Der Lohn der Brüder war klein, in der Woche eine Mark, im Sommer eine Mark fünfzig. Der Bauer mit der Mühle schimpfte ohnehin, daß soviel für Essen aufgeht. Dabei hat gerade der beim Mahlen immer ein wenig für sich behalten, das war dann die Brotsuppe jeden Tag.

Früher, wenn ein Knecht oder eine Magd beim Bauern einstand, war es Brauch, daß jemand vom Haus mitging. Bei uns ging immer der Vater mit, so auch beim Michl. Es war Lichtmeß, der zweite Februar. Zwei Hemden, zwei Paar Socken, zwei Hosen, ein Paar Holzschuhe und das, was er am Körper trug, war alles, was der Michl hatte. Eine Stunde mußten die beiden zu Fuß gehen. Als sie in die Nähe des Hofs kamen, war der Vater so still. Michl schaute den Vater an, da sah er, daß der Vater weinte. Michl weinte auch. Was wird sich der Vater gedacht haben! Der Bub war noch recht klein, und kräftig war er auch nicht genug. Bei dem Haufen Kinder war das Futter immer zuwenig, da waren alle hager. Wie der Vater dann heimging, bekam er einen Laib Brot und einige gebackene Küchl mit nach Hause. Jeden Sonntag mußte der Bub wieder zu uns kommen, damit die Wäsche gewaschen und geflickt wurde. Das war meine Arbeit.

Mit anfangs einer Mark und dann einer Mark fünfzig konnte Michl sich lange nichts Neues kaufen. Anfangs wurde er auch ganz rauh behandelt, weil er noch zuwenig leisten konnte. Wie im Frühjahr das erste Gras gewachsen ist, beim Grasmähen, sagte der Bauer, stell dich besser in die Mahd, hol mit der Sense besser aus, sonst kommst du ganz heraus, du packst ja viel zuwenig. Immer gab es was zu granteln, und das erste Jahr war schlecht. Keine Wäsche, kein Fahrrad, keine Schuhe – alles fehlte.

Den anderen Brüdern ist es genauso gegangen. In den Knechtkammern hat die Wand geglitzert vom Rauhreif, die Betten waren selten bezogen, die Oberbetten waren in der Nacht wie gefroren. Gummistiefel gab es noch nicht. Wenn einer mehr Geld hatte, gab es sogenannte Mannheimer. Die waren aus Sauleder, und die Sohle war aus Holz.

Im Winter mußten viele mit Holzschuhen in den Wald gehen. Freilich hatte man die Socken am Boden mit Manchesterflecken besetzt, aber an der Hose hingen Eiszapfen und an den Fersen auch. Die Knechte gingen schon um halb sieben jeden Tag in den Wald, um halb fünf war's Zeit zum Aufstehen. Wenn die Stallarbeit fertig war, mußten sie schauen, daß sie hinauskamen. Mit langen Holzsägen, schweren Äxten und allen Werkzeugen waren sie ausgerüstet. Motorsägen gab es noch keine. Wenn mit der Handsäge ein Baum gefällt wurde, hörte man kaum etwas, bevor der Baum fiel. Wenn dann einige Bäume gefallen und die Äste abgehauen waren, mußten auch die Mägde hinaus, um Wied auf den Haufen zusammenzuziehen. Wenn im Wald die Arbeit fertig war, wurden Brennholz und Wied mit Pferden oder Ochsen, manchmal auch mit Kühen zum Hof heimgefahren. Das Ganze wurde dann von den Dienstboten kleingemacht. Traktoren gab es noch nicht, auch keine Kreissägen. Die Mägde haben Reisig gebündelt. Die Holzscheite wurden von Männern kleingehackt und dann von den Weibsleuten zum Trocknen aufgerichtet. Da ging es ganz genau zu, und wenn einmal ein Holzstoß umgefallen ist, mußte man sich schämen, da hieß es gleich, es gibt eine Kindstauf.

Es gab gute Bauern, aber mehr wirkliche Saubauern! Die guten sahen die Dienstboten auch als Menschen an und ließen sie als Menschen leben. Die anderen schickten die Knechte statt zur Brotzeit zum Maulwurffangen hinaus, und wenn beim Essen noch einer eine Nudel nehmen wollte, rückte der Bauer mit dem Hintern hin und her. Da mußten sich's die Dienstboten schon ausmachen: Wenn ich noch was herausnehme, dann iß langsam, sonst steht der Bauer auf und geht! Ein bißchen lustig sein war auch nicht erlaubt, die Leute sollten ja nur bei der Arbeit müde werden.

Die Mägde durften nur abends und sonntags Wäsche waschen und flicken. Sie konnten aber nur bei guten Bauern warmes Wasser nehmen, bei den andern mußten sie mit kaltem Wasser waschen. Und wenn dann abends eine zu lang geflickt hat, mußte sie sich eigene Kerzen kaufen. Das war bei fast allen Bauern so. Sogar fürs Milchseihtuch durfte die Stallmagd kein warmes Wasser holen.

*

Eines Tages fiel mir auf, daß ich auf der Brust zwei Beulen bekam. Ich erschrak sehr, getraute mich aber nicht zu fragen, um nicht ausgelacht zu werden. Ich wußte nicht, wie das kam. Die Beulen wurden von Woche zu Woche größer. Immer wenn ich mich gewaschen habe, waren sie schon wieder größer geworden. Ich war sehr beunruhigt. Ich drückte sie, sie waren ganz weich. Ich dachte, da ist Luft drinnen. So ging ich zur Nähschatulle, nahm eine dünne Nadel, stach hinein, damit die Luft herauskommt. Aber das tat weh. Ich war froh, daß die Beulen wenigstens nicht weh taten, und dachte, der Himmelvater wird schon wissen, warum ich die habe. Ich wünschte mir, eine andere Frau zu sehen, ob die wohl auch so was hat. Da machte ich nun die Augen auf und sah eine Frau, die hatte noch viel größere. Das beruhigte mich etwas.

Einmal brachte mein Vater Eier zu der Familie eines Oberstudiendirektors. Dessen Frau gab nun dem Vater eine Menge alter, oft auch zerrissener Wäsche mit. Aber die konnte ich mir ja flicken. So kam ich zu meinen ersten Hosen, der Zwickel war nicht mehr drinnen, ich nähte eben einen rein. Und die Kopfkissen waren, als ich sie geflickt hatte, unsere schönsten. Oft kamen Leute zu uns, die mich gelobt haben, weil alles so aufgeräumt war, besser als in anderen Häusern, wo die Mutter noch da war. Der Vater lobte mich auch. Das reizte mich, noch fleißiger zu sein.

Wenn ich dann recht fleißig war, sagte der Vater, wenn du ganz fleißig bist, kriegst du ein Radl, und eine neue Hose kauf ich dir auch. So eine mußt du dann ja haben. Wenn du schnell fährst, reißt dir der Wind den Kittel in die Höhe, da sieht man sonst alles! Das hab ich mir alles vorgestellt, und ich konnte es gar nicht erwarten, bis es soweit war. Aber es sind noch viele Jahre vergangen, dann hab ich ein gebrauchtes Rad bekommen und eine neue Hose auch. Die würden junge Leute heute einen Liebestöter nennen. Ich hab mich sehr darüber gefreut. Als ich dann einmal nach Neuhofen fuhr und zurück, ging's ein bißchen bergab, und da hab ich daran gedacht, was der Vater einmal gesagt hat. So probierte ich das aus. Plötzlich wurde die Kiesstraße immer dreckiger, mir riß der Wind den Rock hoch, ich wurde immer schneller, dann waren da Wagengeleise und Pferdespuren, ich konnte nicht mehr bremsen und flog mit aller Wucht an einen alten Birnbaum an der Straße. Ach du lieber Gott, war ich froh, daß es niemand gesehen hat. Das Rad war verbogen, und mir ist alte Rinde von dem Birnbaum im Gesicht steckengeblieben, Blut tropfte von meinem Gesicht auf das Kleid, ich mußte das Rad heimschieben. Die Geschwister haben mir die Rinde aus der Haut gezogen, und der Vater hat mich recht geschimpft und gesagt, wenn du so dumm bist, ist es um dich nicht schade.

Eines Tages, ich war 14 Jahre alt, war meine Hose naß, na so was, ich muß ja gar nicht aufs Klo, ich schaute nach und erschrak ganz furchtbar. Mein Gott, nun muß ich sterben, dachte ich und erinnerte mich an die Mutter, die auch so geblutet hat und dann gestorben ist. Ich habe mich an einem sicheren Platz versteckt und bitterlich geweint. Nach einer Weile suchten sie mich überall, im Stall, in der Scheune, im Haus. Da kam ich dann aus dem Versteck hervor, und alle sahen, daß ich sehr geweint hatte. Da fragten sie mich, warum. Ich sagte, ich habe so große Schmerzen im Bauch. Der Vater sagte, so schlimm ist es wohl nicht, du wirst nicht gleich sterben. Ich schwieg. Nun machte ich mir aus einer alten braunen Decke eine Einlage, die ich mit Sicherheitsnadeln befestigte, und das Bluten verging von selbst wieder. Da hab ich alles gewaschen und heimlich unter der anderen

Wäsche getrocknet und wurde wieder fröhlich, weil ich nicht gestorben bin. Aber nach einer Zeit kam das wieder, nun war es nicht mehr so schlimm, weil ich ja beim erstenmal auch nicht gestorben bin.

Einmal kam ich zur Krämersfrau um ein Pfund Zucker. Die war auch Hebamme. Sie fragte mich nun aus, ob ich Blutungen habe, und klärte mich insoweit auf, daß das alle Frauen haben. Sie schenkte mir auch einen Gürtel und sechs Damenbinden, nun war ich gut ausgestattet und wieder ein Stück aufgeklärt.

Es kamen auch öfters Nachbarstöchter und Mägde zu einem kleinen Besuch vorbei und erzählten, was sie so alles machen. Sie gehen zum Tanzen mit den Brüdern und Knechten, da wird abends Ziehharmonika gespielt und ist so lustig. Ich fragte meinen Vater, ob ich auch mitgehen dürfe, aber er erlaubte es nicht. Solange noch eine zerrissene Hose im Haus ist, kommst du mir nicht fort. Als ich mir das überlegte, wurde ich traurig, denn es war jeden Tag eine zerrissene Hose da. Ich hatte auch keine Freundin, weil ich ja arm war, und die Mädchen sagten zu mir, daß ich nie würde heiraten können, weil ich immer zu Hause sei. So vergingen wieder ein paar Jahre.

*

Ich war schon achtzehn, da kam eines Tages die Meieredermutter zum Vater und sagte, bei uns wird auf dem Hof geheiratet, du mußt das Dirndl zur Hochzeit gehen lassen. Der Vater sagte, die lasse ich nicht hingehen, da müßte ich ihr auch ein Kleid kaufen. Die Meieredermutter sagte, dann kauf ich eins, das Dirndl muß viel arbeiten, es soll auch einmal eine Freude haben. Der Vater hat dann doch ein neues Kleid gekauft, und ich durfte zum erstenmal zu einer Hochzeit gehen.

Es waren viele Hochzeitsgäste, denn es war ein großer Hof und eine weitverzweigte Verwandtschaft. Auch meine Mitschüler, Burschen und Mädchen, waren dort. Am Nebentisch saß einer, der Konrad, der schon in meiner Schulzeit freundlich zu mir gewesen war. Der holte mich zum Tanz, obwohl ich nicht tanzen konnte. Mittendrinnen auf dem Tanzboden, es war gerade eine Tanzpause, kam ein Freund vom Konrad dazu. Beide waren erst vor Wochen aus dem Arbeitsdienst zurückgekommen. Konrad hatte ihn gebeten, auch zur Hochzeit zu kommen, weil sie Freunde waren. Dieser nun hieß Albert. So ergab es sich, daß ich auch mit ihm ein wenig tanzte. Die beiden Freunde setzten sich zusammen und nahmen auch mich an ihren Tisch. Aber erst mußte ich meinen Vater fragen, der nicht weit weg saß. Er erlaubte es mir. Da waren nun lauter junge Leute beisammen, und alle lachten und waren lustig, und ich war auch fröhlich. Sie bezahlten mir die Brotzeit und machten auch mit mir ihre Späße.

Im Laufe des Nachmittags gingen die Gäste dann ins Nachbarwirtshaus, und da wurde nur mehr Wein getrunken. Die geladenen Hochzeitsgäste nahmen ein Mädchen ihrer Wahl mit. Als besondere Auszeichnung galt es für ein Mädchen, wenn es vom Brautführer gewählt wurde. Der Brautführer war der Bruder des Bräutigams, und der erwählte gerade mich. Nun saß ich am Ehrenplatz und wußte gar nicht, wie ich dazu gekommen war.

Da meine Schwester auch schon die Kühe melken konnte und meine Firmpatin den gleichen Heimweg wie ich hatte, durfte ich am Abend noch auf der Feier bleiben. Nun hatte dieser Albert, der mir nicht mehr von der Seite wich, zufällig die gleiche Richtung zu gehen, und ich erlaubte ihm, mich zu begleiten. Die Firmpatin ging mit ihrem Mann ein gutes Stück voraus und wir zwei hinterher. Albert schob sein Rad, und wir gingen Hand in Hand bis zu unserem Hof.

Es war eine mondhelle Nacht. Bei unserer Scheune blieben wir stehen. Da redeten wir lange miteinander, und dann schwiegen wir, und dann küßten wir uns. Wir konnten uns gut leiden. Aber schließlich mußte ich ins Haus und Albert auch heim. Aber er wußte den Weg nicht, so nahm er nur die Richtung an und fuhr los.

Ich ging ins Haus und schlief noch lange nicht ein. Ein bißchen stolz war ich schon, weil ich bei der Hochzeit so gut angekommen war, und ein wenig Hoffnung hatte ich auch, daß ich einmal einen Mann bekommen würde, da doch die Nachbarstöchter immer zu mir sagten, ich hätte keine Aussichten.

Viele Tage erinnerte ich mich daran freudig, aber ich sagte nichts.

Eines Nachts kam ein Bursch an mein Kammerfenster. Es war gegen Mitternacht. Meine Schwester schlief auch in meiner Kammer. Eine Weile ließ ich ihn klopfen und rufen. Weil aber keine Ruhe wurde, öffnete ich doch das Fenster. Wir redeten eine Weile miteinander, dann fing der Bursche an zu jammern, daß ihm so kalt sei und ihm die Zehen frieren, ich möchte ihn doch in mein Bett lassen, damit er sich aufwärmen könne. Zwar wollte ich das nicht recht glauben, er aber ließ nicht nach. Er war aus der Nachbarschaft, und ich kannte ihn gut. Schließlich ließ ich ihn doch herein. Da waren wir bald schön warm im Bett, und er rückte mir immer näher und wurde handgreiflich. Das gefiel mir nicht mehr so recht. Da nahm ich von der Außenseite das Leintuch und wickelte mich darin ein, so war er von mir abgeschnitten. Da blieb er nicht mehr lange, zog sich an und ging heim. Meine Schwester schlief so fest und hat nichts gehört, auch der Vater nicht. Am nächsten Morgen war Sonntag, und ich ging zur Kirche. Auf dem Kirchplatz standen die Burschen und lachten ganz laut über mich und auch über den Burschen, weil ich mich ins Leintuch eingewickelt hatte.

*

Von dem Albert, der mich von der Hochzeit heimbegleitet hat, sah und hörte ich nichts mehr. So war wohl ein dreiviertel Jahr vergangen. An einem schönen sonnigen Sonntag fuhr ich mit dem Fahrrad in die Stadt zur Kirche. Ich schaute in das Schaufenster eines Fotografen. Da kamen zwei Burschen, einer war ein Verwandter von mir, in seiner Begleitung Albert. Aber ich erkannte ihn nicht mehr, es war schon so lange her, und wir hatten uns ja erst einmal gesehen.

Aber nun trafen wir uns jeden Sonntag und blieben befreundet. Nach der Kirche gingen wir in ein Gasthaus und aßen immer Schweinswürstel mit Kraut, in eine Konditorei gingen wir auch. Wir hielten uns bei den Händen und waren sehr glücklich, und ich wartete schon wieder auf den nächsten Sonntag. Er kam auch zu mir ans Kammerfenster.

Später hat er sogar mit mir schlafen dürfen. Es war ein großes Erlebnis, und ich mochte ihn immer lieber.

Eines Abends war ein altes Ratschweib bei mir, und es war abgemacht, daß Albert kommen wird. Am Hauseck war eine große Hollerstaude, unter dieser wartete er stundenlang, aber die Alte ging nicht. Über ihm in den Zweigen hatten sich Hühner zur Nacht eingerichtet. Die ließen von Zeit zu Zeit etwas fallen, und in der Dunkelheit konnte er nicht ausweichen. Da verwünschte er die Alte, daß auch sie, wenn sie heimkommt, nicht in ihr Haus hineinkommen soll. Endlich ging sie doch und mußte tatsächlich im Heu schlafen, weil ihre Kinder in so tiefem Schlaf lagen, daß sie ihr nicht aufmachten.

Uns war schade um jede Stunde, wir hatten uns soviel zu sagen, daß wir kein Auge zutaten. Auch Albert hatte eine armselige Kinderzeit hinter sich. Darum liebten wir uns um so mehr. Eines Sonntagnachmittags kam Albert unverhofft daher. Ich war gerade mit dem Hausputz beschäftigt, die Arbeit ging nie aus. Da habe ich ihm sehr leid getan. Nun kam er alle Sonntage, und die Buben erzählten es dem Vater. Meine Schwester sagte nichts. Da war der Vater sehr zornig und drohte dem rotbrüstigen Hund, so nannte er den Albert, eine schlimme Behandlung an. Der aber kam am nächsten Sonntag wieder, ging in der Stube auf den Vater zu und stellte sich vor. Ich zog mich gleich zurück und schaute durch eine Türspalte hinein, wie das ausgehen wird. Aber der Vater war gar nicht so böse, bald unterhielten sich die beiden, und ich traute mich wieder hinein. Der Albert sagte dem Vater, daß seine Leute einen Bauernhof haben in der Größe wie der unsere. Eine Tante und zwei Onkel waren die Besitzer, und er sollte der Nachfolger werden. Die waren alle schon an die 70, und so war Aussicht, daß wir heiraten konnten. Da hatte der Vater nichts mehr dagegen, daß Albert am Sonntag kam. Meiner Schwester brachte er Schokolade und den kleinen Brüdern Zuckerfeigen, da waren auch sie zufrieden.

Ich wollte meinen Freund, der sich auch immer etwas ausdachte, mit ins Bett nehmen, der Vater mußte überlistet werden. Der Schockerl, unser Hund, durfte nicht bellen, und die fünf kleineren Geschwister durften es nicht wissen, außer meiner Schwester, die in meiner Kammer schlief. Ich wußte, daß mein Freund an der hinteren Haustür stand. Dann war's soweit. Alle miteinander gingen wir zu Bett. Der Vater trug das kleine Lämpchen und ging voraus. Den Schockerl hatte er noch bei der vorderen Haustür hinausgelassen. Dann gingen die fünf kleineren Geschwister, schon fürs Bett gerichtet, hinter dem Vater her. Ich schaute noch, ob hinten die Haustür zugeschlossen war, und ließ zugleich den Albert herein. So zogen wir alle hintereinander die Stiege hinauf. Vater mit dem Licht als erster und mein Freund als letzter. Wehe, es hätte sich einer umgeschaut!

Wir hatten ein altes Grammophon mit einer einzigen Schallplatte, und die hatte einen Sprung. Auf der einen Seite war Wiener Blut, auf der anderen der Kuckuckswalzer. Mit einer Kurbel mußte man drehen, immerzu, denn die Feder hakte nicht mehr ein. Da saßen wir auf dem Stubenboden, und aus dem Trichter kam immerzu der Kuckuckswalzer. Das wurde unser Liebeslied. In späteren Jahren hat mein Mann dann einen Plattenspieler gekauft mit dem Kuckuckswalzer, aber so echt klang er doch nicht mehr wie damals, denn die neue Platte hatte keinen Sprung.

Zu Weihnachten hat mir Albert dann ein Kleid geschenkt und ein Paar Schuhe und eine Bettdecke, denn in der Kammer war es kalt. Auch ein Schott-Meßbuch hat er mir gegeben, das hat den Vater sehr beeindruckt. In der Erntezeit kam er abends, half uns beim Mandlaufstellen und hat sich mit dem Vater unterhalten. So gewöhnte sich der Vater an ihn.

*

Als wir uns kennenlernten, es war im Frühjahr 1936, da erzählten wir einander unser bisheriges Leben. Und in diesen Gesprächen waren wir uns immer nähergekommen.

Ein geistlicher Herr hat dem Albert zur Ehevorbereitung ein Büchlein geschenkt, und da wurde er richtig aufgeklärt. Es war von einem Jesuitenpater Schilgen, das hat er bis heute nicht vergessen. Da drinnen stand nun klipp und klar, daß jeder eheliche Verkehr, wenn er nicht naturgemäß vollzogen wird, eine Todsünde ist, denn die Eheleute stehen im Dienste des Schöpfers. Da war der Albert sehr enttäuscht, denn nun war es nur noch schlimmer, weil wir ja immer beisammen schlafen wollten.

Zur Osterzeit gab es in der Kirche immer die Standeslehre für alle Pfarrangehörigen zur Vorbereitung auf die Osterbeichte, das war an einem Feiertag. Da war am Morgen eine Heilige Messe, anschließend hielt der Pfarrer eine eingehende Belehrung über die Pflichten des jeweiligen Standes, für die ledigen Weiberleute an einem Tag, an einem anderen für die ledigen Mannspersonen, die Verheirateten hatten ihren eigenen Beichttag. Da wurde uns richtig ins Gewissen geredet, und anschließend setzte sich der Pfarrer in den Beichtstuhl, und wir stellten uns in der Reihe an, einmal kam eins von links dran, dann eins von rechts. Es war manchmal ein Aushilfsgeistlicher da, der einen nicht so kannte, zu dem gingen viele lieber.

Da hat uns der Pfarrer dann befragt, zuerst nach dem Namen, bei den Verheirateten dann besonders nach der Kinderzahl und nach dem Alter des jüngsten Kindes. Es kam dann schon auf, ob der Kindersegen verhütet worden ist, und das war eine Todsünde. Da kommt man im Fall eines plötzlichen Todes gleich in die Hölle. Meine Mutter ist beim letzten Kind gestorben, weil sie nicht in die Hölle kommen wollte. Der Doktor hat schon gewarnt, aber die Mutter wollte das nicht auf ihr Gewissen nehmen. Unsere Mutter hat sich aber aus der Ewigkeit um uns Kinder gekümmert, und es sind alle große und richtige Leute geworden.

Bei der Beichte sind aber auch andere Weiber gewesen. Einmal hat eine ganz laut gesagt, ich bin doch kein Backofen, wo ein Laib herausgezogen und der andere hineingeschoben wird. Die bekam keine Absolution und mußte so gehen. Weil aber die anderen so nahe standen und auch der Aushilfsbeichtstuhl offen war, hörten das die anderen, und es wurde herumgeredet.

Ein Verheirateter bekannte seinen Ehebruch, das war nun schon das Allerschlimmste, und der geistliche Herr wollte ihm besonders zureden und rief ganz laut, du bist verloren, dich holt ja der Teufel, da war der Mann nun doch vor den Umstehenden blamiert, und er stand auf und ging lange

Jahre nicht mehr in die Kirche. Er war aber kein schlechter Mensch und hat jedem geholfen.

Auch mich hat der Pfarrer gefragt, ob ich etwa an meinen Brüdern, die noch klein waren, herumgespielt habe, wenn ich sie badete oder ihnen beim Bieseln half, aber das war für mich nur eine Arbeit, und der Hintersinn ging mir gar nicht auf. Später, wie ich den Albert kannte, da habe ich lieber in der Stadt gebeichtet, da kannte mich niemand. Nach der Beichte und der Lossprechung bekam man ein Bildchen mit einem Gebet drauf und eine Buße. Da konnte man schon einen Rosenkranz beten müssen in den schweren Fällen, sonst drei Vaterunser-beimir.

Nach der Beichte war Mittagszeit, und es gab bei den Bauern ein gutes Essen. Das Beichtkind hatte einen freien Tag. Am Nachmittag war eine Andacht, und nachher gingen die Verheirateten miteinander ins Wirtshaus, und der Mann hat seine Frau gut halten müssen. Das war immer ein schöner Tag.

Mein Vater hat aber einmal am Beichttag Holz gespalten, da ist die Hacker abgerutscht, und er hat sich in den Fuß gehackt, so daß viel Blut herauskam. Es spritzte ihm bis ins Gesicht, ich mußte viel verbinden, und der Vater konnte fast nicht mehr gehen und hat immer gesagt, daß er nun niemals mehr am Beichttag arbeiten wird.

Ein besonderes Ereignis war für die Pfarrei eine Primiz. Das war das erste Heilige Meßopfer eines neugeweihten Priesters in seiner Heimatgemeinde. Das wurde als großes Fest gefeiert, am Dorfeingang war ein mit Girlanden geziertes Stangengerüst, der Triumphbogen, alle Häuser wurden geschmückt, die Straßen mit Birken wie am Prangertag. Auf der Kirche hing die weißgelbe Kirchenfahne, und der Primiziant wurde von einer Kutsche mit schön gezierten Rössern vom Bahnhof abgeholt. Die Priesterweihe selbst war immer am Peter und Paulstag, dem 29. Juni, im Dom in Passau, weil dort der Bischof war.

Eine Primiz kam nicht oft vor, in manchen Pfarreien oft ein Menschenalter lang nicht. In Pfarrkirchen war das öfter, da ist auch eine Wallfahrtskirche, und die Muttergottes vom Gartlberg hat da schon dazugeholfen. Alle Pfarrangehörigen sind dabeigewesen, es war ein wunderbarer Gottesdienst in der Kirche, mit Blasmusik. Der Neugeweihte hielt seine erste Predigt und spendete am Schluß den sehr feierlichen Primizsegen, der eine besondere Kraft hat. Im Wirtshaus gab es ein großes Festessen, und alles war dabei. Ich durfte nicht hingehen wegen der Arbeit, es hätte auch keinen Sinn gehabt, weil ich kein Geld hatte. Aber der Albert hat es mir erzählt. Der Primiziant bekam von jedem Mahlteilnehmer ein Geldgeschenk in einem Kuvert mit Namen drauf, das war seine Aussteuer von der Pfarrei, damit er sich Möbel und was er halt so brauchte, kaufen konnte, wenn er einem Pfarrer als Kooperator zugestellt wurde. Bei uns hier wurden sie zum Anfang zu den Waldlern versetzt in den Bayerischen Wald, eine arme Gegend, zu den Steinhauern und Holzarbeitern.

*

Alberts Tante, die Tante Lini, erzählte gerne von ihrer Dienstzeit im Pfarrhof beim Herrn Dekan. Der Herr Dekan war eine Respektsperson, und sie sprach von den Geistlichen nie anders als von den »Herren«. Darum gelang es auch dem Herrn Pfarrer leicht, sie und die beiden Onkel dazu zu überreden, den kleinen Albert zum Studieren zu schicken. Das bedeutete auch für sie finanzielle Opfer, noch dazu er ja nicht ihr eigenes Kind war.

In der schlimmen Zeit der Inflation nach dem Ersten Weltkrieg war der Albert zu ihnen gekommen, weil seine Mutter Witwe geworden war und für ihre beiden Kinder nicht mehr sorgen konnte. Seine größere Schwester kam zu anderen Verwandten, die auch eine kleine Landwirtschaft hatten. Weil er in der Schule der Beste war, sollte er also zum Studieren geschickt werden. Er kam in eine Klosterschule nach Württemberg – da ist er vor lauter Heimweh fast krank geworden. Nach drei Jahren wurde die Rente seiner Mutter gekürzt, eine ganz schlechte Zeit war gekommen, da ging das Geld halt ganz aus, und mit dem Studieren war es auch aus. Als Albert heimkam, da hatte er gerade die Zeit hinter sich gebracht, die wir in die Sonntagsschule gehen mußten. Doch bei den Leuten war er von nun an »der ausgesprungene Pfarrer«, und damit haben sie ihm das Leben schwergemacht.

Nun mußte er erst einmal die Bauernarbeit lernen, denn der Onkel Albert wollte ihn später zum Erben einsetzen. So kam er zu einem Bauern in Dienst. Der Lohn war eine Mark fünfzig die Woche, ein Oberhemd kostete drei Mark und ein Paar Straßenschuhe Marke Salamander zwölf Mark.

Auf dem Hof gab es außer dem Bauern und der Bäuerin, die kinderlos waren, ein kräftiges Mannsbild, den Baumann, das war der erste Knecht, dann den Mitterknecht, den Albert als dritten und schließlich den Stallbub. Dazu die Oberdirn und die Mitterdirn. So saßen acht Personen um den Tisch. Die Bäuerin war eine brave Frau und hat den Dienstboten ein gutes und viel Essen gegeben. Die Knechte gingen abends zum Treffen mit den anderen vom Nachbarhof, lagen auf dem Wiesenrain und redeten über den Bauern, die Tagesarbeit und über die Weiberleut und welche Mucken die eine und die andere hat.

Besonders schön war das Sonnwendfeuer, das auf einem Feldweg angezündet wurde. Da waren alle Burschen und Weiberleut beisammen, einer der Burschen spielte die Zugharmonika, die Weiberleut wurden an den Händen gefaßt, und so wurde mit ihnen übers Feuer gesprungen. Wenn das Feuer ziemlich niedergebrannt war, waren dann die Kinder daheim und die Jungen unter sich, da wurde dann schon ein wenig geschmust, und manche haben zusammengefunden. Doch bald schon war es aus mit dem anheimelnd gemütlichen Sonnwendfeuer, die Partei hat das in die Hand genommen, da war es nicht mehr so schön.

*

Bei der Ernte haben wir damals alles mit der Sense gemäht, ich habe die Garben gebunden, die dann auf dem Feld zu Mandln zusammengesetzt wurden, sieben Garben zu einem Mandl. Da blieben sie zum Trocknen einige Tage stehen, bis man sie einfahren konnte. Heute frage ich mich oft, wie ich das während des Krieges sechs Jahre lang schaffen konnte. Nachher, als wir uns schon einen Schlepper gekauft hatten, 1953, mähten wir das Getreide mit dem Bindemäher, der hat 3000 Mark gekostet, da blieb nur noch das Mandlaufstellen. Unsere Kinder mußten die Garben halten, damit sie nicht umfielen, bis das Mandl fertig zusammengesetzt war. Die Garben waren höher als die Kinder, die bei dieser Arbeit schnell müde wurden. Ich mußte heim zur Stallarbeit, und da hat mein Mann den Kindern Geschichten erzählt und Gedichte vorgetragen, wie die Bürgschaft von Schiller und andere, damit die Kinder ausgehalten haben, denn es wurde spät, und der Mond stand hoch am Himmel. Wenn mir beim Kühemelken die Augen zufielen und Träume kamen, melkte ich einfach weiter, während der Albert sich nach dem Mandlaufstellen kurz mit den Kindern ein wenig auf den Rain legte, weil alle so müde waren.

Vor dem Krieg waren noch viele Dienstboten da, und wir hatten beim Dreschen des Getreides viel Spaß, besonders im Herbst, wenn die Drischlegen gehalten wurden. Bei den größeren Bauern dauerte das Dreschen mit dem Dampf drei, vier Tage, und die Größe eines Hofes wurde mit der Dauer der Dreschtage angegeben. Da gab es vielleicht was zu essen! Am Morgen eine kräftige Trebernsuppe, um neun Uhr zur ersten Brotzeit einen Erdäpfelkas, zum Trinken Scheps oder Apfelmost und zu Mittag ein Trumm Schweinernes gebraten, mit Knödeln. Bei einem Hof hat die Bäuerin Kartoffelknödel von gekochten Kartoffeln gemacht, die waren bekannt als besonders gut, und die weite Tonschüssel war aufgegupft voll von ihnen, da blieb aber keiner übrig. Nach dem Essen sprach diese Bäuerin ein kurzes Gebet, ein Vaterunser und ein Gegrüßt-seist-du-Maria. Dabei hat sie die Worte so verhunakelt, daß die Leute nur mühsam das Lachen verbeißen konnten. Hätten sie den Wortlaut nicht auswendig gewußt, niemand hätte ein Wort verstanden. Nachmittags um drei, bei der zweiten Brotzeit, war die schlimmste Zeit überstanden, denn die vergangenen drei Stunden waren die heißesten und ermüdendsten. Um sechs Uhr war Feierabend, und nun kam alles auf den Tisch, was es Gutes gab. Zuerst eine Hühnersuppe, dann Kaffee mit Schmalzkücheln, die innen mit Zwetschgenmus gefüllt waren, die sogenannten verfaulten Kartoffeln, so war immer die Reihenfolge. Und nun gab es Torten und allerlei Gebäck, gefüllt mit Marmelade, alles, was man sich nur denken konnte. Eine Bäuerin wollte die andere übertreffen und die heranwachsenden Töchter erst recht.

Am letzten Abend nun, da war die Drischleg. Das wurde ein lustiger Abschluß mit etwas Tanz und verschiedenen Spielen, bei denen es gar nicht zimperlich zuging. In der Tanzpause ging das mit dem Stockschlagen an, ein Bursch bückte sich in den Schoß eines anderen, der auf einem Stuhl saß und ihm die Augen zuhielt. Die andern standen im Halbkreis hinter ihm und hauten ihn mit der flachen Hand gekonnt auf den Hintern, und der Geschlagene mußte den Täter erraten, sonst war der nächste Schlag fällig.

Auch die Weiberleut kamen dran, alle setzten sich im Kreis auf den Boden und stellten Gänse dar, die auf dem Markt zum Verkauf waren. Einer der Burschen spielte den Verkäufer, ein anderer wollte eine schöne fette Gans erwerben. Das ging mit lustigen Gesprächen hin und her, und während der eine die Vorzüge pries, mäkelte der andere an der Ware herum. Er kraulte die Haare, das Gefieder war ihm nicht recht, die Gans ist in der Mauser, und je witziger geredet wurde, um so mehr Gelächter gab es. Dann hob der Käufer die Gans an, die eine war ihm zu schwer und fett, die andere zu leicht, er griff ihr an den Schenkel, die ist ja ganz blau, bis dann das Weiberleut drankam, auf das es eigentlich abgesehen war. Als sie dann zur Gewichtsprüfung angehoben wurde, schob ihr von hinten schnell ein Bursch eine flache Schüssel mit kaltem Wasser unter den Hintern, die Gans wurde fallen gelassen, und es gab ein Mordsgelächter.

Oder die Burschen bauten einen Brunnen, wobei sich vier von ihnen im Quadrat auf den Boden legten, das war die Einfassung des Brunnens. Das Brunnenrohr stellte ein anderer dar, der legte sich quer über die vier. Nun sollte der Brunnen Wasser bringen, also wurden mit dem Arm des Liegenden Schöpfbewegungen gemacht. Es kam kein Wasser, ganz klar, denn zuerst mußte in das Brunnenrohr Wasser gegossen werden, damit das Ventil ansaugt. Inzwischen hielten die unterliegenden Burschen den Querliegenden ganz fest, denn dem ging nun schon ein Seifensieder auf. Zwei Mägde waren jetzt zur Stelle, die eine knöpfte ihm den Hosenschlitz auf, und die andere goß ihm mit einem Schnabelhaferl Wasser hinein, und siehe, der Brunnen brachte Wasser.

Beim Zahnarztspiel bekam einer eine Handvoll Salz in den Mund, und beim Gikkerlfangen saß einer auf einem Stuhl mit zwei Kochlöffeln in den Händen. Er hatte die Beine gespreizt, er war der Fänger. Der Gickerl kniete vor ihm am Boden, gackerte aufgeregt und mußte blitzschnell mit dem Kopf zwischen den beiden Kochlöffeln mal nach oben, mal nach unten durchfahren, und der Fänger klappte mit den Löffeln schnell zu, um ihn zu erwischen.

Oder die Burschen bauten eine Straße, bei der am Straßenrand Bäume eingepflanzt wurden. Die Burschen stellten sich in Abständen links und rechts der Straße auf. Die jungen Bäume brauchten aber einen Halt, deshalb mußten ihnen die Pfähle zugeteilt werden. So bekam ein jeder Baum ein Mädchen. Während nun der Baum an den Pfahl gebunden wurde, der Bursch also das Mädchen festhielt, fiel den Straßenbauern ein, daß die Pfähle ja durch Brennen vor Fäulnis geschützt werden müssen. Da schmierten andere Burschen die Wangen der Mädchen mit Ofenruß ein, das war ein dauerhafter Schutz.

Ja, und der Schmied, der einen Hengst zu beschlagen hatte, das war auch recht lustig. Ein Bursch führt einen anderen als Hengst zum Schmied, damit er neue Hufeisen aufgezogen bekommt. Der Hengst gebärdet sich recht wild, und alle schauen auf ihn. Auf einer Bank liegt ein Bursch, das ist der Blasebalg. Sein eines Bein ist mit einem Strick, der über einen Ring zum Balken der Decke führt, hochgezogen und wird so nach Art eines Blasebalges auf und ab geführt. Der Schmied macht seine Sprüche, der Hengst ist unruhig, der Knecht hat alle Mühe mit ihm, und alles paßt auf, was dem Hengst geschehen wird. Wenn nun das eine Bein des Blasebalgs grad oben an der Decke ist, gießt ihm einer mit einer Kanne Wasser ins Hosenbein, dem Hengst aber passiert nichts.

So gegen Mitternacht geht alles nach Hause, die Mägde wischen noch die Stube auf, bald ist alles dunkel, und das Haus liegt in tiefem Schlaf. Am nächsten Tag ist dann bei einem anderen Bauern Dreschtag.

Das Durcheinander beim Aufbruch hat sich

ein Bursch einmal zunutze gemacht. Der hatte sich schon am Nachmittag mit der Mitterdirn abgesprochen. Er huschte über die Stiege in die Mägdekammer und legte sich unter das Bett der Dirn. Es hatten schon manche Burschen versucht, in die Weiberleutkammer einzudringen, das war aber unmöglich, ein scharfer Hund lief nachts frei im Hof, die Fenster hatten gekreuzte Eisenstangen und die Bäuerin ein wachsames Auge auf ihre Mägde. Der Bursch nun wartete ab, bis die drei Mägde zu Bett gegangen waren, und während sie noch die letzten Worte miteinander sprachen, kroch er schon unterm Bett heraus, und im Nu waren die beiden anderen Mägde eingeschlafen. Da waren die zwei nun doch beisammen und freuten sich. Gegen Morgen war der Hund ruhig, und die Dirn geleitete den Burschen durchs kleine Hoftürl hinaus. Das wäre nie aufgekommen, aber in seiner Freude, daß er diese Bäuerin überlistet hat, erzählte er alles einem Freund, und der Sack war offen. Die Bäuerin, seine Firmpatin, hat ihm dann eine ordentliche Predigt gehalten.

*

Wie der Onkel Albert das Anwesen hier gekauft hat, im Jahr 1912, da war es nur halb so groß – 33 Tagwerk, das war ein Tag Dreschen. Wie es damals soweit war, ließen ihn die Besitzer der Dreschgarnitur nicht dreschen, denn er war ein Neuzugezogener, ein Nichts, ein Arbeiter, den die Bauern nicht achteten. Da kam ihm ein Zufall zu Hilfe. Bei einem großen Bauern, der drei Tage zu dreschen hatte, brachte der Hausbrunnen kein Wasser mehr. Nun war der Onkel Albert ein guter Brunnenmacher, der neue Brunnen gegraben und alte hergerichtet hat. So hat alsbald eine Hand die andere gewaschen, und von nun an hat man ihm die Dreschmaschine hergefahren. Mit diesem Bauern, einem recht ehrlichen Mann, war er dann ein Leben lang befreundet. Im Winter ging er zum Kartenspielen hin, und einem Trunk Apfelmost war er nicht abgeneigt. Doch ein ganz Hiesiger konnte er nie werden, dazu fehlte ihm die weitverzweigte bäuerliche Verwandtschaft. Das hatten auch wir zu spüren, der ausgesprungene Pfarrer konnte nie ihresgleichen werden, und wohl kaum hätte damals eine Bauerstochter den Albert heiraten können, da hat die Liebe aufgehört. Der Spitzname blieb ihm in der nun verstorbenen Generation, und auch die Jungen haben davon gehört und sind überzeugt, daß mein Mann auf Pfarrer studiert hat, wegen der drei Jahre Gymnasium. Als jungen Menschen hat ihn das schwer bedrückt wegen des beißenden Spotts, und er hat oft gesagt, er kann verstehen, wenn dadurch ein junger Mensch ins Abseits gedrängt wird. Auf dem größten Hof, nahe bei dem Bauern, wo der Albert in Dienst war, war ein junger Bursch, den gewann er zum Freund. Da sagte die Altbäuerin zu dem Burschen, wenn du mit dem Albert umgehst, dann geht es dir wie dem, der kommt alleweil ins Zuchthaus. Es wäre kein Wunder gewesen, wenn einer nur herumgestoßen wird. Dabei konnte ihm niemand etwas Schlechtes nachsagen.

*

Es kam das Jahr 1939, und manche Leute redeten vom Krieg. An einem Sonntag fragte mich Albert, ob ich seine Frau werden will. Ich konnte es anfangs gar nicht recht glauben. Dann hielt er bei meinem Vater um mich an. Da war es nun nicht mehr so leicht für den Vater, denn mit mir verlor er eine Arbeitskraft, und meine Schwester konnte mich nicht so leicht ersetzen. Er wurde sehr zornig und wollte keinesfalls zustimmen. Ich war ja noch nicht volljährig, und er mußte sein schriftliches Einverständnis geben. Ich erzählte das meiner Firmpatin. Sie sagte, ich will mit deinem Vater reden, aber überleg es dir genau, bei deinem Albert sind nun vier alte Leute im Haus. Auch Alberts Mutter war aus ihrer Stadtwohnung auf den Hof gezogen, weil es sich dort leichter leben ließ. Meine Firmpatin redete mit dem Vater, ich schaute vorsichtig durch den Türspalt. Sei froh, sagte die Patin, wenn du das Mädl unterbringst, die Kleinen sind nun auch schon groß, und es wird von Woche zu Woche besser. Da gab der Vater seine Zustimmung.

Ich war noch nicht einundzwanzig, Albert dreiundzwanzig Jahre alt. Zum Glück hatte ich in all den Jahren Enten und Gänse gehalten und mir aus den Federn zwei Betten gemacht. Ich bin auch oft Tagelöhnerin gewesen und habe von dem Geld Handtücher, Bettüberzüge und Wäsche gekauft, so daß ich nicht mit leeren Händen dastand. Für den Anfang hat es gereicht. Andere Mädchen, die eine Mutter hatten, haben oft nicht mehr gehabt.

Albert hatte auch Schwierigkeiten gehabt, seine alten Leute auf eine Hochzeit vorzubereiten. Er hat seinen Onkel auf den Knien um Zustimmung gebeten. Damit das leichter ging, bin ich einmal eine Woche lang als Erntehelferin bei seinen Leuten gewesen. Da lernten sie mich unvoreingenommen kennen und ich sie auch. Aber der Onkel Otto merkte doch, daß mit uns beiden was nicht stimmte. Er hatte beobachtet, daß sich unsere Füße unter dem Tisch immer suchten. Als Albert dann sagte, daß dieses Mädchen seine Braut sei, konnten sie, nachdem sie mich vorher so gelobt hatten, schlecht das Gegenteil sagen.

Am 25. Juli 1939 wurde an Albert der Hof übergeben. Am 18. August war die standesamtliche und am 19. die kirchliche Trauung.

*

Wie wir damals geheiratet haben, da ging es gar nicht feierlich zu, und wenn es danach gegangen wäre, dann wäre nichts Gescheites draus geworden. Die Schmied Girgli hat oft erzählt, daß sie die schönste Hochzeit in der ganzen Gemeinde gefeiert haben, wahrscheinlich konnten die beiden das Feiern gar nicht mehr aufhören, denn nachdem sie ihr Haus und Anwesen durchgebracht hatten, die Kinder wurden immer mehr und das Vermögen immer weniger, kamen sie auf die Gemeinde. Diese hat sie dann überredet, in die Nachbargemeinde umzuziehen, dort hat ihnen die Heimatgemeinde ein Haus dafür gebaut, da waren sie diese Leute los. Das Bier ging ihnen aber auch dort nicht aus, eher die Arbeit.

Beim Standesamt angekommen, da zog der Standesbeamte schnell seine Jacke über, und dann saßen wir recht verloren auf den hochlehnigen Stühlen. Der Standesbeamte leierte was von der Ehe in der neuen Zeit, wo wir dem Führer alles zu verdanken haben. Er ließ uns unterschreiben, die Trauzeugen auch. Dann gab er uns ein Familienstammbuch, Hitlers »Mein Kampf« und einen Gutschein für ein kostenloses Monatsabonnement des »Völkischen Beobachters«. Die Zeitung bedeckte den halben Tisch, und die Schlagzeilen bedeuteten nichts Gutes. Elf Tage später mußte mein Mann einrücken, den »Völkischen Beobachter« brauchte ich nicht mehr, das Familienstammbuch wurde bei weitem nicht voll, und das Buch »Mein Kampf«, das hat nachher ein Sammler gekauft, mitsamt den Kriegsauszeichnungen von meinem Mann, da war aufgeräumt.

Am nächsten Tag fuhren Vater und ich mit einem alten Auto vor die Kirche, Albert und sein Onkel als Trauzeuge kamen mit dem Omnibus. Der Pfarrer saß beim Wirt und schaute zum Fenster heraus. Da sind sie ja, sagte er, kam heraus, zog ein Meßgewand an, las eine Messe und traute uns. In der Kirche standen fünf Betonmaschinen, Gerüste waren aufgestellt, und überall lagen Bretter herum. Ein altes Weib mit einem Henkelkorb am Arm war auch drinnen. In einer halben Stunde war es vorbei, und wir waren Mann und Frau. Wir zogen unsere schönen Kleider aus und fingen die Arbeit an. Das Essen war wie an anderen Tagen auch. Ein Hochzeitsfoto wurde nicht gemacht. Der Bruder meines Mannes, ein guter Fotograf, sollte es machen, doch dann kam er nicht.

Ich half mittags beim Geschirrwaschen, mein Mann machte die Stallarbeit. Am Nachmittag holten wir uns vom Dachboden zwei alte Bettstellen, zwei Strohsäcke mußten noch gestopft werden, und so richteten wir uns die Ehebetten. Der Onkel Otto sagte, habt ihr die Werkstatt schon fertig? Wir schämten uns und warteten am Abend, bis alle zu Bett gegangen waren, ehe wir auch gingen.

Meine Möbel brachte der Schreiner erst nach drei Wochen. In dem Zimmer, in dem sie später aufgestellt wurden, klaffte der Lehmbewurf weit auf, und der Schreiner wollte die schönen Möbel gar nicht aufstellen. Es war ein altes Haus, im Erdgeschoß gemauert, oben aus Holzbalken und innen mit Lehmbewurf. In der Küche war ein löcheriger Zementfußboden, in der Mitte eine hölzerne Säule, die die Decke stützte, und um diese Säule war ein runder Tisch gebaut.

Unsere alten Leute hatten es aber auch nicht leicht gehabt, sie hatten 1912 das Anwesen in bankrottem Zustand gekauft und viel Arbeit und Mühe aufgewendet, bis sie die Schulden abbezahlt hatten. Der Kuhstall war im Nordteil des Hauses, über dem Stall ein Futterboden. Drei Kühe, zwei Zugochsen, drei Schweine und fünf Jungrinder waren da. Das Wirtschaftsrecht und alle Einnahmen hat sich der Onkel Albert, der eigentliche Eigentümer, noch für zwei Jahre ausbedungen.

Wie wir geheiratet haben, waren wir so arm, das kann sich heute niemand vorstellen. Das mußte man schon von klein an gewöhnt sein, sonst hätte man das nicht ausgehalten. Vier alte Leute in einer Stube, davon drei gehbehindert! Nur die Schwiegermutter war früher verheiratet gewesen, die war auch am meisten eifersüchtig auf uns. Onkel Otto war mir der liebste.

Einmal erzählte er mir, daß er in Burghausen im Seminar war und daß er in einer Brauerei Biersieden gelernt hat. Das hat mich sehr interessiert. Das meiste konnten wir uns beim Haarschneiden, bei der Finger- und Fußpflege erzählen.

So fingen wir dann gleich an, Bier zu

brauen. Große Töpfe und Zuber waren da, Gerste und Hopfen hatten wir auch selber. Erst siebten wir so an die 40 Pfund Gerste, die wurde dann eingeweicht. Dann kam sie nach ein paar Tagen auf ein ganz feines Gitter und wurde wieder einige Tage leicht warm gestellt. Nun fing sie zu wachsen an. Die Gerste durfte nur Wurzelkeime kriegen, keine Blattkeime. Wenn sie richtige Haxen hatte, wurde die Gerste getrocknet, die Keime wurden abgerieben und schön gesiebt. Dann war sie bierfertig. Geschrotet mußte sie aber noch werden. Eine Schrotmühle hatten wir auch.

Onkel Albert hat extra fürs Bier die passenden Kübel und Fässer gemacht, das hatte er früher gelernt. Dieses Geschirr durfte man zu nichts anderem verwenden, sonst wäre der ganze Sud sauer geworden. Das erste Wasser wurde auf 30 Grad erhitzt und mit der Gerste eine Stunde stehengelassen, dann abgeseiht, dann wieder stärker erhitzt und nun mit Hopfen zu Bier gemacht. Wenn es dann in einem bestimmten Kübel ausgekühlt war, wurden Bierhefe und eine Kleinigkeit Zucker dazugegeben. Das machte die Gärung. Nach einigen

Tagen wurde es in Literflaschen abgezogen und stehengelassen. Es war nicht so gut wie das heutige Bier, aber es hat doch allen Leuten geschmeckt. Man konnte auch einen ganz schönen Rausch kriegen.

Die Mutter meines Mannes war gegen die Heirat gewesen. Ich aber habe mich auf die alten Leute gefreut und gehofft, in meiner Schwiegermutter eine Mutter zu finden für meine Mutter. Aber ich wurde bitter enttäuscht. Als wir von der Trauung zurückkamen und ich das Haus betrat, stand die Schwiegermutter im Fletz und sagte, auweh, das wird schon nichts Gescheites, die ist schon mit dem linken Fuß zuerst herein. Ich habe das nicht gewußt, sonst hätte ich es anders gemacht. Die Schwiegermutter wollte auch die Hochzeit verschieben, damit ich ihr den Buben nicht wegnehme.

Die beiden Onkel hatten Hüftgelenke, die verrenkt waren, und konnten nur mit Stöcken mühsam gehen, die Tante kochte noch. Die Schwiegermutter arbeitete gar nichts, aber paßte auf mich auf. Eine auswärtsbeinige alte Magd war noch da, die war auch noch bucklig. Wir hatten einen großen Arbeitseifer und sagten uns, wir werden es im Lauf der Zeit schon richten.

*

Es war noch Erntezeit, und beim Nachbarn stand die Dreschmaschine, da kam mittags mit der Post der Einberufungsbefehl für meinen Mann. Wir wollten nach der Ernte eine kleine Hochzeitsreise machen, nach Bad Wiessee, da wohnte ein Bruder meines Mannes. Damit war es nun nichts mehr. Mein Mann mußte nach Schrobenhausen einrükken, wir waren gerade elf Tage verheiratet. Ich habe in der Hochzeitsnacht lange geweint, weil ich eine Vorahnung hatte. Er war der erste in der Gemeinde, das fing schon gut an. Ich wußte unsere Wiesen und Felder nicht einmal und sollte nun die ganze Arbeit machen.

Daß mein Mann in der ganzen Gemeinde der erste und einzige war, der einrücken mußte, hat mich sehr geärgert. Nur weil meine vier alten Leute keine Nazis waren! Alle anderen jungen Männer waren lange Zeit noch daheim. Wenn unsere Nachbarin im

Sommer fast jeden Abend mit ihrem Mann schön angezogen spazierenging und ich vor lauter Arbeit gar nicht wußte, wo ich zuerst hinrennen sollte, habe ich mich geärgert.

Bei uns gab es nur wenige Hitler-Anhänger, denn die Bauern hielten nicht viel von ihm. Erst nach dem Reichstagsbrand, da waren viele froh, daß er uns vor den Kommunisten gerettet hat. Zu sagen, du bist ein Kommunist, war eine der schwersten Beleidigungen und ist es heute noch.

Nach der Machtübernahme war dann eine Wahl, da sollte man mit Ja stimmen, und am Eingang zum Wahllokal standen SA-Männer in ihrer Uniform und hefteten einem ein Ja aus Blech an. Der Onkel wurde, da er so gehbehindert war, zur Wahl gefahren. Er war bekannt als ein Schwarzer. Ein Nachbar schaute ihm zu, wie er den Wahlzettel ins Kuvert stekken wollte. Der Onkel hatte ein Nervenleiden und zitterte sehr mit der rechten Hand, da sagte dieser Nachbar, na, geht der schwarze Frack wieder nicht hinein? Die SA stand dabei. Es ging noch mal gut, es war aber eine gefährliche Bedrohung.

Auch bei uns wurden einige Leute nach

Dachau gebracht, es wurde einiges geflüstert, aber was Gewisses wußte niemand. Da hat man auch den Stadtpfarrer in Schutzhaft genommen, und wir merkten, daß ein anderer Wind geht. Die Bettelmänner verschwanden, und die Bauern, die viele Schulden hatten, aber mitmachten, denen wurde nicht mehr versteigert.

Es kamen auch welche zurück aus Dachau, aber die sagten nichts aus. Alberts Bruder, der drei Jahre älter und in Neuötting so ein Sozialdemokrat war, den haben sie im März 1933 nach Dachau gebracht, und weil der ein halbes Jahr dort war, habe ich später auch davon gehört.

Am 1. Mai war nun ein Feiertag. Der Onkel ließ mich nicht aufs Feld, um den Kartoffelacker herzurichten, denn die Arbeit war verboten, und einige Bauern wurden bestraft, weil sie gearbeitet hatten. So konnte ich den Aufmarsch in der Stadt anschauen, Musik hat mir ja immer so gefallen. Da marschierten sie durch die Stadt in Uniform, und beim Horst-Wessel- und Deutschlandlied mußten alle die Hand hochstrecken, aber ich tat es nicht. Ein Mann kam auf mich zu und gebot mir, die

Hand aufzuheben, aber ich behauptete einfach, daß mir der Arm so weh tut. Da konnte er mir nichts tun. Es kam mir nämlich recht lächerlich vor, wie sich manche groß aufführten, die ich doch vom gewöhnlichen Leben her kannte. Mir haben diese Parteileute keine Angst machen können, ich habe mit ihnen ganz normal geredet, da wirkte ihre Uniform nicht, und die merkten auch, daß ich ja nur ein ganz einfaches Mädchen war, und gaben es auf.

Als Albert im Krieg war, ging ich einfach ins Wehrbezirkskommando in der Stadt, damit er Ernteurlaub bekam. Ein Nachbar war da drinnen, ein Major, zu dem bin ich gegangen. Da wurde ein Gesuch gemacht, und mein Mann konnte kommen.

In allen Häusern hing nun schon ein Hitlerbild, dafür haben manche das Kreuz im Herrgottswinkel weggetan, bei uns nicht. Wir haben auch kein weißes Tuch aus dem Fenster gehängt, als später die Amerikaner mit den Panzern am Haus vorbeifuhren. Bei uns wurde und wird immer ein gemeinsames Tischgebet gesprochen, und dazu brauchten wir kein Führerbild.

Der Bezirkstierarzt hatte eine jüdische Frau, die hat ihr Mann über diese Zeit hinübergerettet. Ein jüdischer Kaufmann war in der Stadt, bei dem gab es damals schon Zugaben beim Einkauf, dann hat man ihm das Geschäft genommen. Was aus dem Kaufmann geworden ist, weiß ich nicht. Dem Neuen dann hat das kein Glück gebracht, denn unrecht Gut gedeiht nicht, er ist nun längst tot und sein Name verschwunden. Es wurde viel Unrecht getan zu dieser Zeit.

Einige Männer wurden sterilisiert wegen Erbkrankheit, wie es hieß, die hatten so eine gelbliche Gesichtsfarbe. Am bekanntesten war ein Milchkontrolleur, der bei den Bauern reihum den Milchertrag der Kühe messen mußte. Die Bauern nannten ihn in Anlehnung an einen kastrierten Stier den Milchochs, und dabei blieb es. Der Milchochs aber hat doch seine Fähigkeit nicht ganz verloren, denn meine auswärtsbeinige Magd, die Pepi, tat sich manchmal mit ihm zusammen. So findet jeder Hafen seinen Deckel.

Der Stützpunktleiter der Partei bei uns hatte ein Bauernanwesen, einen Tag Dreschen, der bildete sich viel auf seine Uniform und seinen Posten ein. Als das große Erntedankfest in Bückeburg gefeiert wurde, ist auch er hingefahren. Weil er aber kein Geld hatte, in der Wirtschaft war er grad nicht der Tüchtigste, hat er vorher die große Eiche abgehauen, die an der Straßengabelung stand. Das war eine sehr große Eiche an der Omnibushaltestelle, und alle Leute haben das bedauert. Auch das Wegkreuz in seinem Obstgarten an der Straße hat er weggetan. Da haben die Leute gesagt, das darf man nicht tun, so ein Kreuz ist von den Vorfahren aufgestellt worden, das muß man in Ehren halten.

Heute ist der Mann längst gestorben, sein Hof ist abgerissen worden, an dieser Stelle wächst Gras, und bald weiß niemand mehr, daß da einmal ein Bauernhof gewesen ist. Nach Kriegsende haben die Amerikaner ihn dann im Sammellager auf der Rennbahn eingesperrt und ihn mit einem Fußtritt in eine Wasserlake gestoßen, ausgerechnet den, der von den Parteileuten am wenigsten was dafür konnte.

Die Hitlerbilder in den Bauernhäusern waren dann auch nicht mehr da, eigentlich konnte sich niemand erinnern, daß sie früher einmal in der Stube hingen. Der Nachbar, den der schwarze Frack gestört hatte, war wieder normal und hat zum Geburtstag eine Ehrung in der Zeitung bekommen als einer, dessen Wort in der Gemeinde was galt. So verging das Tausendjährige Reich bei uns.

*

Meine Schwiegermutter sagte, jetzt, wo dein Mann nicht mehr hier ist, mußt du bei mir in der Kammer schlafen, du bist noch jung, und es könnte einer zu dir kommen. Mir war es gleich, ich war am Abend sowieso so müde, daß ich nur schlafen wollte. Daher zog ich in ihre Kammer.

Um zwei Uhr morgens mußte ich aufstehen, um zusammen mit der Magd mit der Sense Gras zum Heuen zu mähen. Um sechs Uhr war die Stallarbeit dran, dann das Futtereinbringen für das Vieh, im Haus alles herrichten und wieder hinaus auf die Wiese. Ich mußte nur laufen. Die Schwiegermutter stand unter der Tür und sagte, lauf, Dirndl, warum bist du Bäuerin geworden? Sie aber tat nichts.

Der Krieg war ausgebrochen, und nun würde es vielleicht bis Weihnachten dauern, bis mein Mann zurückkommt. Aber er war nur drei Wochen fort, da klopfte es am Samstag in der Nacht am Fenster. Ich war ganz verschlafen, bis ich begriff, daß meine Schwiegermutter mit meinem Mann sprach. Sie sagte, bleib nur liegen, ich mach ihm schon auf. Sie ging hinunter, ich stand schnell auf, raffte mein Bettzeug zusammen und huschte schnell in unsere Ehekammer.

Es war trotz aller Freude auch eine traurige Nacht, ich weinte und jammerte ihm alles vor. Ich hatte ja nur ihn. Er hat mich getröstet und fest versprochen, daß er bald heimkommen wird. Am Sonntag mußte er wieder fort, ich begleitete ihn bis zur Kuppe des kleinen Bergerls, etwa 50 Meter weit. Wenn ich dann Krähen hörte, war ich getröstet, das war ein gutes Zeichen. Elstern hätten Unglück bedeutet.

Ich konnte nicht ackern, und das mußte ich nun gleich lernen. Ich zog den Mistwagen aus dem Schuppen, der Pflug kam drauf und auch der Onkel. Die Ochsen wurden eingespannt. Die aber waren schon länger im Stall gestanden und übermütig, so fingen sie an zu laufen, und ich mußte mit. Ich hatte einen Stock dabei, mit dem ich sie auf den Kopf schlug, aber das machte ihnen nicht viel aus. Zum Umschauen war keine Zeit. Als ich endlich den Acker erreicht hatte, war der Onkel nicht mehr auf dem Wagen. Ich hatte ihn verloren. Weit hinten winkte er mit seinem Stock.

Nun mußte ich umkehren und ihn holen. Er richtete mir den Pflug, ich spannte die Ochsen ein, und der Onkel Albert sagte, der Pflug geht gut, und die Ochsen gehen gut, wenn etwas fehlt, bist du schuld. Das war ein schlechter Trost. Es war ein langes Feld, und ich mußte den Holzpflug im Boden halten, was Übung und Kraft brauchte, und ich mit meinen 50 Kilo, da laufen die doch, wohin sie wollen. Ich weinte bis oben vor lauter Angst. Nach einer Weile wurden die Ochsen aber müder, und ich bekam mehr Mut. Der Onkel saß derweil im Gras und schaute zu. Als es dann besser ging, wackelte er mit seinem Stock mühsam heim.

Nach einigen Tagen war auch Heu zum Einfahren. Heu mit der Gabel laden, das hatte ich noch nie gemacht. Früher hatte ich es immer nur richten müssen. Nun mußte ich aufladen, das war richtige Männerarbeit. Die bucklige Magd war auf dem Wagen zum Richten. Als nun das Fuder immer höher wurde, da warf sie mir fünf Bauschen wieder herunter, weil ich die Gabel nicht so gut gebrauchen konnte wie mein Mann. Ich bekam eine solche Wut, daß ich sie mit der Gabel heruntergeschlagen hätte, aber sie wich mir nach allen Seiten aus, und ich war zu klein.

Eine Mähmaschine hatten wir noch nicht, die hatten nur die größeren Bauern. Der Nachbar hatte schon eine, mit zwei Pferden bespannt ging das recht gut. Da habe ich ihn einmal gebeten, er möchte mir eine Wiese abmähen. Er aber wollte nicht. Zum Dreschen halfen sich die Bauern gegenseitig aus, und man mußte sehr früh aufstehen, um daheim seine Arbeit zu machen. Um halb sechs mußte man draußen sein, und es wurde sieben Uhr abends, bis man wieder heimkam. Das war harte Arbeit und viel Staub.

Es war Herbst, und ich mußte inzwischen die ganze Feldarbeit machen. Es dauerte aber nicht lange, und ich wurde von den Leuten gelobt, weil auch ein Mann nicht schöner geackert hat als ich.

*

Nun war es soweit, daß mein Mann an die Front mußte und noch einmal in Urlaub kam. Da packten wir unsere Hochzeitssachen ein und fuhren mit dem Rad zum Fotografen und taten, als wäre unser Hochzeitstag, weil der Bruder meines Mannes ja damals nicht hatte kommen können. Mein Mann nahm dann ein Bild mit in den Krieg und hat es sechs Jahre dabeigehabt. Er schrieb mir jeden Tag, aber dann wurden die alten Leute böse, weil die Briefe an mich adressiert waren, und so schrieb er beide Namen drauf, da konnten sie schon lesen, wenn ich noch auf dem Feld war.

Aber meine Schwiegermutter mochte mich nicht vor lauter Eifersucht. Du hast mir meinen Bub genommen, mußte ich immer wieder hören. Mein Mann hat natürlich auch Briefe geschrieben, die nur für mich waren, die habe ich dann versteckt, aber die Schwiegermutter suchte so lange, bis sie die Briefe gefunden hatte. Die beiden Onkel waren gut zu mir, die Tante Lini aber hat sich von der Schwiegermutter schon aufhetzen lassen, und dann waren beide gegen mich, auch wenn sie im Unrecht waren.

Als ich von zu Hause wegging, hatte mein Vater zu mir gesagt, wenn du dir von den alten Leuten alles gefallen läßt und nichts sagst, dann kommst du schon mit ihnen aus. Das habe ich meinem Vater versprochen und auch gehalten. Es war oft schwer, wenn mir die Weiber so unrecht getan haben.

Am Sonntag hatte ich jetzt nie einen Feiertag. Morgens die Stallarbeit, dann schnell mit dem Rad zur Kirche und gleich wieder heim, kochen, nachmittags die Wäsche machen, die Männer rasieren, Haare schneiden, ihnen die Füße waschen und Nägel schneiden. Wenn ich dann mit meiner Wäsche nicht fertig war, sagte die Schwiegermutter gleich, jaja, an Werktagen und Sonntagen nimmst du dir keine Zeit, und andere Tage gibt es nicht, eine Schlampe bleibt eben überall hängen. Sie hatte immer ein passendes Wort. Aber ich hörte auf meinen Vater und sagte nichts. Nur ganz selten ging ich zu Besuch in mein Elternhaus, zu meinen Geschwistern, und habe mich nie bei ihnen beklagt.

Im nächsten Sommer kam mein Mann in Urlaub. Eines Tages machte ich die Betten, und die Schwiegermutter stand mit meinem Mann direkt unter dem offenen Fenster. Da hörte ich, wie sie zu ihm sagte, Albert, ich kann dich nicht verstehen, wie du diese Frau geheiratet hast. Schau doch, wie sie geht, sie macht ja einen Buckel, und die Knie hängen ihr vor, du hättest doch eine Bauerstochter bekommen können. Da sagte mein Mann, Mutter, ich weiß nicht, was du gegen sie hast, ich mag sie gern, und fleißig ist sie auch. Selbst wenn er in Urlaub war, sagte sie öfter, warte nur, wenn er erst wieder fort ist, dann helfen wir dir schon wieder.

In diesem Urlaub kaufte mir mein Mann einen hübschen Stoff für ein Sommerkleid. Das war gar nicht so leicht, weil alles auf Kleiderkarte ging. Nur weil er Fronturlauber war, hat er ihn bekommen. Das Kleid war hübsch geblümt, und ich bekam noch ein Jäckchen dazu. Eine Bekannte in der Stadt hat uns damit fotografiert, und mein Mann hat diese Bilder auch immer dabeigehabt. Dann war der Urlaub zu Ende, und ich habe ihn wieder zum Bergerl hinbegleitet. Ich habe immer gelächelt, damit es ihm nicht so schwerfallen soll, dann habe ich mich umgewendet und bin in Tränen zurückgegangen. Doch über mir haben die Krähen geschrien, das war ein gutes Zeichen.

Dann kam der Sonntag, ein schöner Sonnentag. Ich zog nun das neue Sommerkleid zum Kirchgang an. Als ich die Treppe herunterkam, stand meine Schwiegermutter schon unten und erwartete mich. Sie hatte ein Nervenleiden, und ihre Zunge zuckte immer aus dem Mund, wie bei einer Schlange. Mit diesem Kleid gehst du mir nicht zur Kirche, sagte sie, du bist nun eine verheiratete Frau, da ziehst du mir so was Helles nicht an. Ich ging zurück und zog ein anderes Kleid an. Als ich wieder herunterkam, sagte sie, augenblicklich gehst du und ziehst ein anderes an, so kommst du mir nicht aus dem Haus. Da zog ich mich zum dritten Mal um. Nach dem fünften Mal sagte ich, Mutter, nun habe ich kein Kleid mehr, kann ich jetzt gehen? Da ließ sie mich gehen. Auf dem ganzen Weg zur Kirche liefen mir die Tränen übers Gesicht. Der Gottesdienst war schon halb zu Ende, und ich stellte mein Fahrrad an die Kirchenmauer und drückte mich ganz hinten in die Kirche, damit niemand mein verweintes Gesicht sehen konnte. Und zum Ende, noch ehe sich die Leute umgedreht haben, bin ich schnell fort und heim zur Arbeit.

Die beiden Onkels und die Tante konnten nicht mehr zur Kirche gehen, der Pfarrer besuchte sie dann von Zeit zu Zeit. Die Schwiegermutter war noch gut zu Fuß, aber ihr war der Weg zu weit.

Nun war ich schwanger. Als meine Schwiegermutter das merkte, beschimpfte sie mich aufs ärgste. Du allein hast schuld, nur du wolltest das Kind, der Albert wollte gewiß keins, und dir werde ich lauter Herbstmilchsuppe geben. Du solltest verrecken müssen bei der Entbindung, denn du hast mir meinen Buben genommen. Aber ich habe mich auf das Kindlein gefreut, wir hatten es uns ja gemeinsam gewünscht. Drum sagte ich zu ihr, Mutter, ich habe es ja nicht allein gemacht. Da konnte sie nichts mehr sagen.

Die Monate vergingen, und immer wieder mußte ich die bösen Worte hören. Eines

Tages mußte ich aufs Feld, um die Kartoffeln mit dem Pflug anzuhäufeln. Vier Wochen waren es noch zur Entbindung. Da gingen mir die Ochsen durch. Weil ich die Leine um die Hand gewickelt hatte, konnte ich mich auch nicht freimachen, und so schleppten mich die Ochsen, ich war zu Fall gekommen, quer über die Furchen, gut hundert Meter weit auf dem Bauch dahin. Hinter mir den Pflug, der mich unweigerlich erfaßt und schwer verletzt hätte, wenn ich losgekommen wäre. Endlich ging es bergauf, und meine einzige Rettung war, daß die Ochsen nun langsamer wurden und ich auf alle Fälle auf die Füße kommen mußte, um sie anzuhalten. Mit aller Kraft raffte ich mich schnell auf, und nun konnte ich sie in einen Bogen zwingen, so daß sie im Kreis liefen und schließlich anhielten.

Ich sah furchtbar aus. Erde, Gras, Kartoffelstauden, alles hing an mir herab, meine Schürze war zerrissen, Hände und Arme aufgeschrammt. Es war schrecklich, ich dachte an mein Kind und hatte Angst.

Aber nun ergriff mich ein wilder Zorn, und ich zwang die Ochsen erst noch zur Arbeit, auf und ab das Feld, immer wieder, bis ihnen die Zunge heraushing und sie schweißnaß waren. Auch als schon Feierabendzeit war, hörte ich noch nicht auf, bis alle Furchen geackert waren. Als wir endlich heimkamen, erschraken doch alle sehr, wie ich aussah. Sie konnten nicht verstehen, daß ich nicht aufgegeben hatte.

Am nächsten Tag dachte ich mir, so kann das nicht weitergehen. Ich fuhr mit dem Rad zum Wehrbezirkskommando in der Stadt, um Urlaub für meinen Mann anzufordern. Die schickten mich erst einmal zur Kreisbauernschaft, damit mir ein Betriebshelfer zugeteilt würde. Ich bin hingegangen, und es wurde mir vom Stabsleiter Hilfe zugesagt.

Am nächsten Tag, abends gegen halb sechs, war ich noch alleine bei der Arbeit auf dem Rübenfeld an der Straße, da kam ein ganz junges Mädchen und fragte nach meinem Namen. Es stellte sich heraus, daß sie meine Hilfe sei. Da stieg mir schon der Zorn auf, denn das war ja kaum eine Hilfe für den Haushalt. Auf der Stelle schickte ich sie zurück.

Am nächsten Morgen fuhr ich gleich wieder hinein zum Stabsleiter. Noch auf dem

Stadtplatz traf ich seine Freundin an, die mir gleich die größten Vorwürfe machte, weil ich das arme Mädchen zurückgeschickt hatte. Mir war nun schon alles gleich. Was kann ich mit der anfangen, im Haus kann ich selber arbeiten, ich brauche einen Mann für die schwere Außenarbeit! Dann ging ich ins Büro zum Stabsleiter. Der hätte mich vor Wut am liebsten gefressen. Wir kamen nun derart zum Streiten, so daß ich sagte, hier bleibe ich stehen, um meine Arbeit und meine alten Leute kannst du dich kümmern!

So stritten wir immer weiter, je länger, um so ärger. Dann drohte er mir. Ich meinte, ich trage ein Kind, und da kann mir schon gar nichts passieren. Dir aber, sagte ich, dir passiert noch was, da lebe ich noch lange, wenn sie dich längst umgebracht haben. Er sprang von seinem Stuhl auf und tobte wie ein Wilder. Er schrie seine Sekretärin an, sie solle die Polizei anrufen, auf der Stelle würde er mich verhaften lassen. Die Sekretärin, eine Rothaarige, wußte auch nicht recht, was sie tun sollte, weil er immer recht tobte. So blieb ich stehen und sagte, ich kann es aushalten, das ist für mich eine Erholung gegen daheim.

Nun wußte er sich keinen Rat, mich loszuwerden, und endlich sagte er, morgen wird ein Mann als Betriebshelfer kommen. Gut, sagte ich, wenn nicht, bin ich übermorgen wieder da. Er schnappte nach Luft und war froh, mich nicht mehr zu sehen. Tatsächlich kam dann ein Mann zu mir auf unbestimmte Zeit zur Arbeit.

*

Am 23. Juli 1941 kam das Kind, ein Mädchen, im Kreiskrankenhaus zur Welt. Mein Mann war in Südwestfrankreich, und ich telegrafierte ihm. Es war üblich, daß es dann Urlaub gab. Aber man wollte ihm keinen geben, weil sein Truppenteil nach Rußland verlegt werden sollte. Er hat sich den Urlaub dann doch an höherer Stelle ertrotzt und kam noch einmal kurz heim. Im Oktober war er dann schon bei Leningrad.

Mit der Taufe hatte ich im Krankenhaus auf ihn warten wollen. Da meinten die Ordensschwestern im Krankenhaus, ich will mein Kind nicht taufen lassen, weil in der Nazizeit das nicht erwünscht war und die Dreihundertprozentigen das auch nicht taten. Aber das waren nur wenige in der Stadt, die hatten ohnehin keinen Glauben. Und weil die Schwestern immerzu benzten und mein armes Heidenkind bedauerten, konnte ich auf meinen Mann nicht so lange warten, so war er bei der Taufe nicht dabei.

Das Kind hatte genug zu trinken. Ich hatte so viel Milch, daß mir die Milch durchs Kleid tropfte und die Schürzentasche vollief. Da gab mir die Hebamme eine Milchpumpe, und so bekam unsere Katze die überflüssige Milch. Neun Monate stillte ich das Kind, es wurde ein dicker Brocken.

Die Onkel und auch die Tante hatten das Kind gerne, die Schwiegermutter interessierte es nicht. Am liebsten hatte es der Onkel Albert. Wenn die Milchflasche hergerichtet war, fütterte er es gerne, aber er zitterte mit den Händen sehr stark dabei. So hat er dem Kind das Fläschchen immer wieder aus dem Mund herausgerissen, bis sich das Kind das Fläschchen selbst halten konnte. Es war ein liebes, armes Kind.

Wäsche hatte ich wenig fürs Kind, das Bettchen war noch von meiner Heimat, die Windeln aus alten Tüchern. Geld hatte ich gar keins. Auch früher hatte ich kein Geld. Mein Heiratsgut waren 1400 Mark, davon wurde das Brautkleid und verschiedenes gekauft, 1200 Mark blieben für die gemeinsamen Anschaffungen. Mein Mann hatte sich von den drei Mark Wochenlohn beim Bauern nicht viel ersparen können. Ein Paar Schuhe waren damals vor Kriegsausbruch ein Monatslohn.

Wir hatten das staatliche Ehestandsdarlehen beantragt, das waren 1000 Mark. Damit kauften wir einen Küchenherd, einen Kachelofen für die Stube, eine Mähmaschine, eine Sämaschine, eine Futterschneidmaschine und einen Motor mit Kreissäge. Das war ein gewaltiger Fortschritt, aber das Geld war damit ausgegeben. Der Onkel hatte sich das Wirtschaftsrecht für zwei Jahre noch ausbedungen und legte das Geld auf die Sparkasse zur Alterssicherung, da ging es dann verloren.

Ich hatte zwölf Pfennig im Geldbeutel und brauchte einen Schnuller fürs Kind. Nach langem Überlegen verkaufte ich heimlich ein Stück Rauchfleisch, da langte es für den Schnuller, und auch für mich blieb etwas übrig.

Wenn ich von der Arbeit hereinkam, hätte ich das Kindlein gerne an mich gedrückt und es liebgehabt. Aber die Weiber ließen mich nicht zu ihm. Sie machten die Küchentür zu, und ich durfte nichts sagen, damit das Kind nicht um mich weint. Durch die Türspalte sah ich das Kindlein am kalten Fußboden liegen, es war eingeschlafen, hatte kein Kissen fürs Köpfchen, nichts. Mir tat das Herz so weh, ich wollte mein Kind auch im Bettchen schlafen sehen. Ich mußte aber immer arbeiten und wurde gleich wieder hinausgeschickt.

Endlich kam mein Mann in Urlaub, er war in Rußland verwundet worden. Da lernte er das Kindlein kennen und das Kindlein ihn. Am Morgen, als es erwachte, da war nun nicht ich, sondern der Papa neben ihm, da weinte das Kind dicke Tränen und mußte sich erst an ihn gewöhnen. Das dauerte nicht lange. Aber der Urlaub ging zu Ende, und der Papa mußte wieder fort.

Einmal kam der Polizist bei seinem Rundgang zu uns herein. Weil er nun eine Uniform trug, lief ihm das Kind zu, hängte sich an seine Hosenbeine und rief immer Papa. Es kannte den Papa ja nur von der Uniform.

Weil nun das Kind schon laufen konnte, wollte es den alten Leuten immer wieder entwischen. Da banden sie es mit einem Strick am Tischbein an. Es tat mir im Herzen weh.

Wie viele Nächte waren es, wo ich überhaupt nicht ins Bett gekommen bin! Wenn ich mit eigenen Augen jeden Tag sah, wie mein erstes, liebes kleines Kind mit einem Strick um den Bauch tagsüber am Tischfuß angebunden war und ich mich nicht von ihm sehen lassen durfte, weil ich mit den Ochsen gleich wieder aufs Feld mußte, da hab ich zu meinem Mann gesagt, solang du im Krieg bist und die Umstände so bleiben, mag ich kein Kind mehr. Mir reicht's! Und die Schwiegermutter hätte mich ja am liebsten schon bei der Entbindung tot gesehen. Die Pille gab es damals noch nicht. Beim nächsten Urlaub brachte halt mein Mann das damals übliche Verhütungsmittel mit.

Weil ich nicht nur für Männer sorgen mußte, sondern auch zwei Weiber hatte, konnte ich wieder einmal erfahren, daß an meiner Schwiegermutter alles dran war. Eines Tages, mein Mann war wieder im Krieg, bin ich mit meinen Ochsen aufs Feld. Da gingen die hübschen zwei Weiber zum Stöbern. Es war ja für sie nichts schöner, als meine Sachen durchzusuchen, nach einem Liebesbrief oder was man sonst bei jemand finden kann, der einer Mutter das Liebste, ihren Sohn, weggenommen hat. Ich kam vom Feld heim, es mußte jetzt die Stallarbeit gemacht werden, nebenbei das Haus, das Kind und das Essen.

Alle waren in der Stube, ich kam dazu, da kam die Tante zur Tür herein mit einem leeren, sauberen Weckglas. Mit einer Hand zog sie den Gummi aus dem Weckglas, ging auf mich zu und sagte, was ist denn dös? Ich dachte ganz schnell, wie ist das möglich? Wir, mein Mann und ich, hatten doch alles versteckt. Ich wär am liebsten in ein Mausloch versunken. Im gleichen Moment behielt ich die Nerven, ging auf die Tante zu, nahm ihr das Ding aus der Hand und sagte, des woas i net, des kann a Wursthaut sein, und schon hatte ich das Ding im Ofen verschwinden lassen. Da waren wahrscheinlich alle überrascht, weil das ohne weiteres Theater vor sich gegangen ist. Meine Schwiegermutter hatte sich alles bestimmt anders vorgestellt. Wenn auch so ein Pech auf einen zukommt! Da muß man auf alles gefaßt sein, und Glück muß man haben.

Merkwürdig war für mich nur, daß die Tante da ohne Stock gehen konnte. Und sie hatte wahrscheinlich auch selber erst eine Aufklärung über sich ergehen lassen müssen, weil sie ja früher nur auf einem Pfarrhof gedient hatte. Wahrscheinlich hatte die Schwiegermutter sie aufgeklärt.

*

Meine beste Aufmunterung während des ganzen Kriegs war meine Nachbarin. Sie war ehrlich, nett, Taglöhnerin und arm. Wenn wir draußen auf den Wiesen und Feldern waren, haben wir alle Sorgen bei ihr und mir ausgesprochen. Meistens war uns danach wieder zufriedener und leichter. Sie hat mir auch sehr leid getan, weil sie Asthma hatte, und wenn wir uns über etwas sehr gefreut haben und lachen mußten, bekam sie oft einen Hustenanfall. Dann hat sie immer wieder eine Asthmazigarette geraucht.

Sie jammerte gern über ihren Mann, der war in einem Bergwerk. Sie wäre ganz zufrieden gewesen, wenn er auch Geld heimgebracht hätte, aber auf seinem Heimweg ging die Straße leider bei einem Wirtshaus vorbei, und da mußte der Gute immer rasten. Wenn er dann heimkam, am Morgen oder gegen Morgen, war das Geld versoffen. Da stand die gute Frau nun da. Sie hat mir eine Fotografie von sich gezeigt. Sie war früher ein schönes Mädchen und hatte von ihren Eltern ein kleines Anwesen geerbt. Ihr Liebhaber, ein Maurer, dem schmeckte das Bier, und man hatte ihr abgeraten, ihn zu heiraten. Aber gegen die Liebe war halt nichts zu machen!

Sie erzählte mir auch, wie es ihr ergangen ist, als sie zum erstenmal zusammen waren. Sie sagte zu ihm, paß fei auf, wenn's dir kommt. Hinterher war sie doch ein wenig in Zweifel und fragte ihn, hast du auch aufgepaßt? Er drauf in aller Einfalt, warum, es ist eh niemand gekommen. Da war sie nicht gerade beruhigt, es hat aber keine Folgen gehabt.

Sie haben also geheiratet, und zehn Jahre später war ihr Anwesen vertrunken, statt Liebe gab es Schläge, das Anwesen wurde versteigert, und ihr Mann ging zum Autobahnbau. Sie zog mit ihren zwei Kindern zu einem Bauern in Dienst, damit sie wenigstens zu essen hatten. Und da ergab es sich, daß sie zu einem dritten Kind von dem Bauern kam, wodurch das Leben nicht leichter wurde. Schließlich zogen sie in unsere Gegend und bauten in einer Waldlichtung ein Häuschen. Die Not war ihr ständiger Begleiter.

Was die alles mitgemacht hat, und ist so eine brave Frau gewesen! Der Mann ist auf den Großbaustellen gewesen, und wenn er einmal heimkam, da ging er immer ins Wirtshaus auf eine Maß, dann wurden es mehrere, und der Wirt hielt ihn fest und andere Saufbrüder auch, bis er einen Mordsrausch hatte. Die Frau schickte ihm einen Buben ins Wirtshaus, der benzte immer, Vater, gemma hoam, doch der Vater blieb hocken, bis das meiste, wenn nicht alles Geld vertrunken war.

Wenn er daheim ankam, war er ein böser Mann. Er wußte dann nicht mehr, daß er ein Mensch war. Oft schlug er die Fensterscheiben ein, die seine Frau wieder einglasen lassen mußte, und dreckte das Bett voll und ließ den Bierhahn ins Bett laufen. Wenn sie dann auch wild wurde, bekam sie Schläge. Oft hatte sie Tränen in den Augen, wenn sie das so erzählte. Ein bißchen hätte sie sich ja schon gefallen lassen. Manchmal hat sie aber auch zurückgeschlagen, mit dem Pantoffel oder was sonst so zu erreichen war. Aber er war halt immer der Stärkere. Später nahm sie sich Kostkinder und brachte sie auch mit zu mir.

Eines Tages sagte sie, weißt, was ich mir hab einfallen lassen, daß der nicht sein Biertümpfl ins Bett laufen lassen kann? Ich hab ihm den Zipfel zugebunden mit einem Bandl! Da mußte ich recht lachen. Ich sagte, wie ist denn das ausgegangen? Schlecht, sagte sie, er ist dann auf einmal narrisch worden, weil's ihn gedrückt hat, denn das Bier wollte heraus, und der Wechsel war zugebunden. Dann fing er fürchterlich an zu schreien und zu fluchen, sprang auf, konnte aber das Bandl nicht aufbringen und auch nicht aufschneiden, weil es so fest rumgewickelt war. Die Frau ist davongelaufen aus dem Haus und hat sich versteckt. Sie hat sich sehr gefürchtet und hat dann auch wieder ihre Schläge bekommen. Wie er das Bandl heruntergebracht hat, wußte sie nicht. Sie sagte, das macht sie nicht mehr wieder, das eine Mal hat ihr gereicht.

Er ist dann doch einmal gestorben, und ihre Kinder haben sich recht um ihre Mutter angenommen, besonders die Schwiegertochter, deren Vater auch ein Trinker war, und so ist es ihr im Alter noch recht gut gegangen.

*

Mein Mann kam, als er genesen war, nach Italien. Der Wirtschaftshelfer mußte jetzt auch einrücken. Nun kam ein polnisches Ehepaar auf den Hof. Die wollten schon lieber Bohnenkaffee als anderen trinken, aber ich konnte auch nicht soviel herkriegen während des Krieges.

Einmal haben wir eine Sau geschlachtet, und grade ging der Polizist seine Tour, da hat ihm der Pole erzählt, daß ich ein Schwein geschlachtet hab, und Bier würd ich auch selber machen. Ich konnte es nicht ableugnen, ließ den Polizist vom Bier kosten und gab ihm ein Stück Schweinefleisch. Dann sagte der zum Polen, sei froh, wenn du zum Essen genug hast. Du kennst die Not nicht, die andere Leute haben. Unser Bier hat dem Polizist auch geschmeckt. Weil es nur für unseren

Gebrauch war, hat er uns dann nichts gemacht.

Einmal, als wir noch keine Fremden im Haus hatten, haben wir auch eine Sau schwarz geschlachtet. Der alte, zittrige, 70 Jahre alte Onkel Albert sagte, ich hau die Sau mit einer schweren Hocka auf den Kopf, woaßt, richtig aufs Hirn, und wenn's dann liegt, stichst's du glei ab. Aufs Blut verzichten wir, da haben wir zuwenig Händ.

Also holte ich die Hocka. Onkel Albert zitterte vor Aufregung noch mehr als ich. Wir gingen zu zweit in den Stall, das kam der Sau schon ganz komisch vor, und sie lief vor lauter Aufregung in einem Schwung und Tempo um den Stall. Ich fürchtete, sie lauft mir den alten Onkel um, da auf einmal schlug er zu. Mein Gott, die Sau schrie, was sie konnte, der hatte sie richtig aufs Ohr geschlagen. Ich legte das Messer weg und sagte, schau, daß du schnell hinauskommst, bevor sie dich umläuft. Dann nahm ich die Axt, und nach ein paarmal Um-den-Stall-Rennen gelang es mir doch, sie bewußtlos zu schlagen. Dann war's aus mit der Sau.

Brühen, saubermachen und ausnehmen

konnte ich schon allein machen. Das war eine Aufregung, weil noch dazu der Stall an der Straße war und niemand was merken sollte.

Ein anderes Mal haben wir uns einen Metzger genommen. Es war ein gelernter Metzger, ein großer Sprüchemacher war er auch. Als die Sau dann in Stücke geteilt war, fiel mir auf, daß sie nur drei Füße hatte. Bevor er fortging, konnte ich ihn erwischen. Er wollte, sagte er, nur noch die fehlende Hax und zwei große Stücke Fleisch aus dem Wasserkrand herausnehmen, die ihm zufällig, aus Versehen, hineingefallen sind. Bei unserer Abwesenheit wären die sicher noch in seinen Rucksack gefallen!

Als ich noch ein Kind war, kam auch mal ein alter Metzger zum Schlachten. Er rüstete sich zur Arbeit, zog eine Bluse an, in der er am selben Tag schon andere Schweine geschlachtet hatte, und band seinen blutigen Fetzen um. Der Vater zeigte ihm dann die Sau, wir Kinder zogen hinterher. Wie die Männer über die Holzplanken schauten, roch wahrscheinlich die Sau Blut und sprang über den Stall hinaus.

Niemand konnte so schnell schauen, wie

die weg war. Sie lief über den Hof und die Wiese und wir Kinder alle hinterher. Das war lustig, das hatten wir Kinder uns schon lang gewünscht. Nach einiger Zeit wurde die Sau müde und konnte nur mehr gehen. Da konnte sie am selben Tag doch noch geschlachtet werden.

Wenn früher bei unseren Nachbarn eine Sau geschlachtet wurde, haben sie am Abend immer eine große Schüssel Blutwürste zu uns gebracht. Sie stellten die Schüssel in die Mitte vom Tisch und gingen nicht heim, bis alle Kinder sich satt gegessen hatten. Der Vater war darüber nicht ganz glücklich, er hatte immer Angst, es könnte bei einem oder mehreren ins Bett gehen. Er bot uns immer auf, eßt nicht so schnell und so hastig. Die Nachbarn aber freuten sich beim Zuschauen.

*

Am Ende des Kriegs war ein Fliegerangriff auf Pfarrkirchen. Ein Onkel von uns war gerade sehr krank. Es sollte der Pfarrer kommen und dem Onkel die Sterbesakramente geben. Als er zu uns unterwegs war, stand ein

Milchauto auf der Straße, an dem der Pfarrer und der Mesner vorbeigingen. Plötzlich tauchte ein Tiefflieger auf. Er schoß auf das 22jährige Mädchen, das die Kannen auf das Auto lud. Ihr Vater kroch unter das Auto, doch das Mädchen konnte sich nicht mehr retten, ihm wurde der Kopf gespalten. Der Pfarrer und der Mesner hatten sich in den Straßengraben geworfen, dann aber lief der Pfarrer zurück und steckte dem Mädchen die halbe Hostie in den blutenden Hals.

Ich hörte Schüsse, lief bei uns auf den Berg und versteckte mich hinter einem großen Baum. Da flogen die Flieger drüber. Nach einigen Minuten kamen der Pfarrer und der Mesner an. Da sagte der Pfarrer, in meinem ganzen Leben hab ich noch niemand so fluchen gehört wie diesen Vater. Der Pfarrer und der Mesner haben für das Mädchen gebetet. Sie gingen dann erst spät wieder nach Pfarrkirchen zurück, aber auf dem Umweg durch die Hölzer, denn sie fürchteten sich sehr.

Mein Mann schrieb mir, sooft es ging, einen Brief. Mit einmal blieben die Briefe aus, Tag um Tag. Ich war in großer Sorge. Die

Schwiegermutter sagte, ich hätte kein Gottvertrauen. Dabei mußte ich in all den Jahren oft genug aus ihrem Mund hören, warte nur, wenn der Albert nicht mehr zurückkommt, dann werfen wir dich hinaus. Es wäre ihr lieber gewesen, wenn er gefallen wäre, damit auch ich ihn nicht mehr habe. Und noch immer kein Brief.

An einem Freitag nach zwei langen Wochen kam ein Luftpostbrief. Das war noch nie gewesen. Ein Kamerad von Albert hat ihn geschrieben. Am Pfingstmontag 1944 war mein Mann bei Rimini durch einen Halsschuß schwer verwundet worden. Da blieb mir der Bissen im Hals stecken, wir waren gerade beim Mittagessen. Ob er es überleben würde? Nun war bei der Schwiegermutter das Gottvertrauen wieder an der Reihe. Ich habe immer für meinen Mann gebetet, ich hatte ihn ja auch lieb.

Da fiel mir etwas Merkwürdiges ein, das mich sehr erschreckt hat. An ebendem Pfingstmontag war ich mit der Schwiegermutter im Schlafzimmer und zog mich um zum Kirchgang. Plötzlich fiel vor unseren Augen ein großes gerahmtes Bild meines

Mannes, das auf der Kommode stand, nach vorne aufs Gesicht. Das war an sich ganz unmöglich, denn es war ein großes Bild mit einer breiten Rückenstütze, und niemand stand in seiner unmittelbaren Nähe. Nach dem späteren Bericht meines Mannes war es gerade in dem Augenblick umgefallen, um halb neun Uhr morgens, als er verwundet wurde.

Nun sahen wir einander lange nicht mehr. Viel später dann wurde Albert nach Landshut verlegt, und endlich bekam ich die Erlaubnis, ihn zu besuchen. Es war ein trauriger Anblick. Er hatte eine Kanüle im Hals, durch die er atmete, und weil die Stimmbänder verletzt waren, konnte er kein Wort sprechen, sondern mußte alles aufschreiben. Als ich heimkam und das erzählte, glaubten sie mir nichts.

*

Not hatten wir Landwirte beim letzten Weltkrieg keine. Die Kleiderkarten waren sparsam, aber Essen gab es schon. Ich bin mit dem Ochsen zur Mühle gefahren, da hab ich zwar kein schönes Mehl heimgebracht, aber man war zufrieden. Fleisch hatten wir selber. Zuletzt, wie dann die Flüchtlinge kamen, wurde alles knapper. Wir hatten manchmal das ganze Haus voll mit Menschen.

Erst kamen Schlesier, eine Frau mit vier Kindern. Dann noch vom Nachbarn ein Ehepaar mit vier Kindern, die sich dort nicht einmal Kartoffeln kochen durften. Wir haben oft den ganzen Tag das Feuer nicht ausgehen lassen, weil selbst der große Herd noch zu klein war. Vom Nachbarn kam immer wieder ein kleiner Bub zu uns, der jeden Tag so viel Hunger hatte und für sich und seine Brüder Brot holte. Er war immer recht dankbar und anständig.

Später kamen dann ganze Karawanen Ungarn mit Pferden und Wagen. Neunzehn Ungarn hatten wir lange Zeit in unserem Haus. Das ganze Haus war übervoll, sogar in unserem Eheschlafzimmer haben sie noch auf Strohsäcken und Matratzen gelegen. Alles wurde knapper, sogar das Heu und das Stroh, weil die Pferde auch Futter brauchten. Die Hennen haben nicht mehr genug Eier gelegt. Manchmal haben die Ungarn bei einer Mahlzeit 20 bis 30 Eier verkocht und gegessen. In der Nachbarschaft bekamen sie aber auch manchmal etwas.

Einmal hatten sie sich alle zu melden und vorzustellen, so daß ich die Pferde füttern mußte. Weil sie aber in keinem richtigen Stall waren, mußte man von hinten an den Pferden vorbeigehen. Ich hatte einen großen Bauschen Heu, und als ich in Bauchhöhe der Pferde war, sprangen sie hoch und schlugen mit beiden Beinen zugleich aus. Ich dachte, ich komme nicht mehr lebend da heraus. Für das Futter hatten sie kein Interesse, die wollten mich totschlagen. Kein Anschreien, kein Streicheln, nichts hat geholfen, aber ich hatte einen Schutzengel und kam doch wieder heraus. Aber nie mehr hab ich die Pferde gefüttert.

Später sind dann einige ungarische Soldaten mit ihren Frauen und ihren Pferden zu anderen Nachbarn gezogen. Wir hatten aber immer noch etliche mit vier Pferden und zwei Kutschern. Die sind immer mit den Pferden nach Pfarrkirchen zum Einkaufen gefahren und haben manchmal unsere vierjährige Carola mitgenommen. Einmal sind die Pferde durchgegangen und haben die Kutsche mit vier Personen und dem Kind über eine große Böschung geschüttet. Zum Glück ist den Leuten und unserem Mädchen nichts passiert, nur der Wagen war kaputt.

Von nun an bis zum Kriegsende war mein Mann in den verschiedensten Lazaretten, zuletzt in München. Ich konnte abends bei den Luftangriffen auf München die Christbäume sehen, mit denen die Flieger ihr Zielgebiet markierten. Dann wurde mein Mann in Herrsching am Ammersee operiert, und es ging ihm besser. Er bekam Urlaub, aber durch die Bombenangriffe waren die Züge ausgefallen, und er mußte eine weite Strecke zu Fuß gehen. Dadurch bekam er eine Lungenentzündung und kam gleich in unserer Stadt wieder ins Lazarett. Nun konnte ich ihn besuchen.

Es war jetzt Ende April 1945, und die amerikanischen Panzer waren schon zu hören. Da verließ mein Mann das Lazarett und kam zu mir heim. Die amerikanischen Soldaten durchsuchten mit gezogener Pistole das Haus, aber Albert war in Zivilkleidung, und sie beachteten ihn nicht.

Mein Mann mußte immer noch die Kanüle

tragen, aber da einmal eine Wespe in sie hineingezogen wurde und er beinahe erstickt wäre, wurde ein feines Tuch darüber gedeckt. Nachdem es etwas ruhiger geworden war, reiste Albert nach München in die Poliklinik. Dort wurde er erfolgreich operiert. Er konnte nun ganz leise reden. Als er aber mit den Ochsen arbeiten wollte, gehorchten sie nicht, weil er zu leise war. So blieb die Arbeit mir.

Albert mußte sich den Amerikanern zur Entlassung stellen. Aufgrund seiner Verwundung kam er gut durch, aber viele, die bei ihm waren, wurden an die Russen ausgeliefert und blieben noch Jahre weg.

*

Als der Krieg zu Ende ging, erinnere ich mich, hörte man von weitem die Panzer fahren. Die kamen immer näher, und schwere Schüsse waren zu hören. Ich bin hinausgegangen, da sah ich schon die ersten Panzer über den Berg kommen, und schon hatte einer einen Schuß abgegeben, der neben mir in die Schuppenholzwand geplatzt ist. Da bin ich schnell wieder ins Haus gelaufen. Die Panzer schossen in die Wälder, daß es nur so krachte, sie machten lauter Feuerstriche. Einige hielten beim Hof an. Dann mußten alle Männer auf dem Hof antreten. Es wurden die Armbanduhren abgenommen, dann gingen die Amerikaner ins Haus.

Ich mußte im ganzen Haus vorangehen, und mit vorgehaltenem Gewehr suchten sie nach deutschen Soldaten. Die Männer, die auf dem Hof antreten mußten, es waren so dreißig, hauptsächlich Ungarn, die wurden dann mit dem Auto nach Pfarrkirchen gebracht und auf der Rennbahn eingesperrt.

Da war bei uns ein fürchterliches Geschrei. Alle Frauen von den Männern kamen in die Stube, fielen auf den Boden und schrien laut mit erhobenen Händen, Heilige Maria, Mutter Gottes, hilf! Sie waren ganz am Boden zerstört. Am Morgen danach pflegten sie sich nicht mehr und hatten für nichts mehr Interesse.

Es waren viele auf der Rennbahn eingesperrt. Solche, die Nazis waren, hatten es noch schlechter. Manche haben sogar Schläge bekommen und wurden mit einem Fußtritt in die Wasserpfützen gestoßen. Viele Leute brachten mit dem Milchkandl etwas zum Essen, weil die Gefangenen Hunger hatten. Unter strenger Bewachung durften die Leute nur über den Holzzaun reden und Essen reichen. Nach einigen Tagen wurden die meisten wieder entlassen. Da haben sich die Frauen wieder gepflegt, ein Mascherl ins Haar gebunden, und das Leben war wieder wie vorher. Gebetet wurde dann auch nicht mehr.

Aber ich muß schon sagen, die Ungarn waren fleißige Leute, ob durch Arbeit oder mit Schwarzhandel, sie verstanden es, aus irgend etwas Geld zu machen, daß das Leben leichter war. Sogar ein Stück Garten haben sie bewirtschaftet und Paprika und Gemüse bei mir angepflanzt.

Als die Amerikaner einmal in der Nacht zu uns kamen, es waren so 15 bis 20 Mann, hab ich mich sehr gefürchtet. Wir waren noch nicht schlafen gegangen. Ich bat den Oberst von den Ungarn, er möchte noch aufbleiben, weil ich mich fürchtete. Den haben die Amerikaner dann so verspottet, weil ein ungarischer Soldat seine Frau bei sich hat und vieles mehr, die haben so gelästert, und doch ist er nicht schlafen gegangen. Es war jedenfalls ein solches Geschrei, daß Carola, die schon lange im Bett war, plötzlich zur Tür hereinkam. Da bekam sie von einigen Soldaten Schokolade. Andere Soldaten gingen in die Speisekammer und holten alles, was es dort zu holen gab. In einem Dampfnudeltiegel mußte ich dreißig Eier braten und die restlichen, ungefähr 25, in einer großen Pfanne. Mir war alles gleich, Hauptsache, der Ungar ist nicht schlafen gegangen.

Nach den Ungarn kamen dann Sudetendeutsche, die wollten nur kurze Zeit bei uns bleiben, weil ihnen neue Häuser versprochen waren, in die sie nach kurzer Zeit einziehen dürften. Sie haben bei uns auch arbeiten geholfen, die Frau hauptsächlich als Kindsmagd. Christine, unsere zweite Tochter, sagt heute, die Leni war für sie die Oma. Bald aber zogen sie nach Hessen, weil bei uns die Wohnung zu schlecht war und in Hessen Bekannte waren. Nach kurzer Zeit kamen sie wieder zu uns zurück, weil man in Hessen die Wildsäu und die Flüchtlinge nicht leiden konnte. Sie waren dann für einige Jahre bei uns, da starb eines Tages der Mann. Von dem neuen Haus war keine Rede mehr. Auch die anderen

Flüchtlinge haben keine neuen Häuser bekommen.

Nun erst spürten manche Leute hier, was für ein Elend der Krieg für viele Menschen gebracht hat. Das war am Anfang schon schlimm anzuschauen, wie ganze Züge von Vertriebenen vorbeizogen, aber als sie dann in die Häuser einquartiert wurden und blieben, gab es schon recht hartherzige Leute, und das waren immer die Reicheren.

Boshafte waren auch dabei, die den Flüchtlingen das Leben noch schwerer machten, als sie es eh hatten, indem sie das Rauchrohr, das in den Kamin hineinging, verstopften, so daß der Ofen furchtbar rauchte. Aber der Kaminkehrer hat das gemerkt und das Rohr wieder freigemacht.

Doch mit der Zeit zogen viele Flüchtlinge weg in die Stadt. Ganze Siedlungen wurden für sie gebaut, und die meisten waren sehr fleißig, haben nun neue Häuser und sind froh, daß sie hier sind.

*

Mein Mann war nun daheim. Aber immer noch wollte uns seine Mutter, die inzwischen eine Wohnung in der Stadt hatte, auseinanderbringen. Einmal fragte mich mein Mann, ob denn das wahr sei, was die Mutter immer gegen mich vorbrachte. Ich sagte nur, du weißt, daß ich dich nie angelogen habe, aber wenn du mir nicht glaubst, kann ich nichts tun. Er glaubte mir.

Es war schon einige Jahre her, da hatte mich die Schwiegermutter von der Arbeit ins Haus geholt und mich zum Onkel Albert geführt, der auf dem Kanapee saß. Augenblicklich, sagte sie, kniest du dich hin und bittest den Onkel um Verzeihung, und die Tante stieß mich mit der Spitze ihres Stockes an die Stirn. Ich wußte überhaupt nicht, warum. Da kniete ich mich hin und sagte, Onkel, wenn ich etwas Unrechtes getan habe, bitte ich dich um Verzeihung, ich weiß aber nicht, was unrecht war. Der Onkel weinte mit mir, und die Weiber hatten ihren Triumph.

Nun, da mein Mann nicht arbeiten konnte, saß er oft auf dem Sofa hinter der Küchentür. Seine Mutter kam eines Abends in die Stube und erzählte dem Onkel wieder etwas über mich und hetzte gegen mich. Mein Mann hinter der Tür hörte Wort für Wort, und weil er ebendiesen Vorfall, über den seine Mutter sprach, selbst erlebt hatte, ertappte er sie bei ihren Lügen. Nun war das Maß endlich voll. Er sprang wutbebend auf und sagte, Mutter, mit meinen eigenen Ohren hab ich nun gehört, wie du über meine Frau lügst. Auf der Stelle packst du deine Sachen, und ich bringe dich zum Zug, du gehst zurück in deine Stadtwohnung, du sollst uns zwei nicht auseinanderbringen! Sie schrie, mein eigener Bub wirft mich aus dem Haus!

Von nun an war Friede im Haus. Die Onkel bekamen fröhliche Gesichter, ich habe ihnen nun immer eine Kleinigkeit gebacken, nur für sie, das gab ich in die kleinen Schubladen, die unter der Tischplatte waren. Da haben sie sich gefreut.

Im November 1945 erlitt die Tante einen Schlaganfall und war nun halbseitig gelähmt. Sie war ein echter Pflegefall. Meine Schwiegermutter schrieb mir jetzt, hoffentlich weißt du, was du zu tun hast. Ich dachte, du wirst dich wundern, ich weiß es. Ich hab der Tante alles getan, das Essen eingegeben, aber meistens hat sie es erbrochen, hab sie jeden Tag gewaschen und gekämmt, sie auf den Korbstuhl gesetzt und in den Spiegel schauen lassen, wie gut sie noch ausschaut. Sie war nun recht dankbar, weil sie es so gut hatte. Jeden Tag kam der Arzt mit einem elektrischen Gerät, aber nichts half. Tagsüber waren auch die Onkel bei ihr, aber die konnten ihr nichts recht machen.

Da merkte sie, daß es mit ihr zu Ende gehen wird. Durch die langen Nachtwachen bei ihr war ich oft so müde, daß ich fast vom Stuhl fiel. Mein Mann löste mich ab. Er las aber immer in einem Buch, da schimpfte sie, und ich mußte wieder kommen.

Einmal mußten beide Onkel zu ihr, während ich das Mittagessen kochte. Als sie wieder herunterkamen von der Kammer, da weinten sie beide sehr, so hatte ich sie noch nie gesehen. Ich fragte, was ist denn? Sie sagten, die Tante habe ihnen aufgetragen, meiner Schwiegermutter zu sagen, wie sehr sie mir unrecht getan habe in all den Jahren. Niemand hätte ihr, der Tante, solche Pflege getan wie ich. Nach sechs Wochen ist sie gestorben. Aber die Schwiegermutter hat das wenig berührt, sie kam und nahm alles mit, was sie tragen konnte an Kleidern und Wäsche, weil sie ja Erbin war. Dabei hätte ich das so nötig gebraucht für Kinderkleidchen.

Nach weiteren drei Jahren ist der Onkel Albert gestorben, obwohl er eigentlich gar nicht krank gewesen war. Er hatte noch sein volles Gebiß und nie Zahnschmerzen gehabt. Als er auf der Totenbahre in seiner Kammer lag, brannte zum erstenmal im Haus elektrisches Licht. Er hat es nicht mehr gesehen.

Es ist schon ein hartes Leben, wenn man eine Zeitlang nur vom Pech verfolgt ist, und man kann sich selber nicht helfen, weil die Umstände so sind. Bei mir war das ja wirklich schlimm gewesen. Mußte gleich elf Tage nach unserer Hochzeit der Krieg ausbrechen! Wo ich die ganze Männerarbeit alleine machen mußte. Vier alte Leute und elf Hektar Grund mit einer buckligen Magd! Von den Alten konnte keins mehr arbeiten. Sie brauchten meine Hilfe, und ich half auch von Herzen gern. Die alten Leute hatten es schon gut bei mir. Ich kann ehrlich sagen, wenn eine Bauerstochter eingeheiratet hätte, wären sie nicht so gut gepflegt worden. Ich hab mich gefreut, wenn ich den Kranken jeden Wunsch erfüllen konnte.

Damals gab es noch keine Krankenversicherung, alle Kranken blieben zu Haus und wurden von den eigenen Leuten gepflegt, manche aber nicht. Es wurde auch niemand ins Leichenhaus gebracht. Meine drei Verstorbenen wurden alle im eigenen Haus aufgebahrt. Die alte Tante freute sich schon bei Lebzeiten darauf, daß sie meinen Brautschleier ins Grab mitbekommen sollte. Sie war nie verheiratet und war dann auf dem Sterbebett Braut.

*

Nun mußten wir schauen, daß wir unsere Einnahmen steigern konnten. Alles Geld, was hereinkam, wurde in Düngemittel und Geräte angelegt, der Viehbestand vermehrt, und wir hatten immer die Hoffnung, wir schaffen es schon einmal! Nur für uns blieb immer nichts.

Es lebte jetzt von den Alten nur noch der Onkel Otto. Auch er hatte ein verrenktes Hüftgelenk und Wassersucht. Dann bekam er einen offenen Fuß, und die offene Stelle wurde immer größer. Zuerst verband ihn noch der Arzt, aber als schon das Fleisch von den Knochen fiel, wollte er ihn nicht mehr anrühren. Die Zehen blieben heil, aber anschließend ist das ganze Fleisch vom Fuß gefallen bis auf die Knochen.

Jede Stunde, auch in der Nacht, habe ich mit Watte und Sagrotan den Fuß gesäubert und verbunden. Das schwarze Fleisch habe ich mit der Schere weggeschnitten. Manchmal schauten der Doktor und der Pfarrer zu. Beide sagten, sie könnten das nicht machen, und warnten mich vor einer Ansteckung. Ich habe das nicht gefürchtet, ich habe mir immer die Hände mit Sagrotan gewaschen.

Der Onkel mußte im Bett bleiben, und das ganze Fleisch wurde bis zum Knie weggefressen. Er jammerte aber nicht sehr. Jedesmal beim Verbinden mußte ich ganze Batzen gestocktes Blut in den Eimer werfen, die Ferse und die Zehen waren noch dran, alles andere nur noch Knochen. Das ging Monate so fort, bis es dann nicht mehr weiterfraß. Da bildete sich eine trockenere Schicht, und es wuchs wieder Fleisch an, das sah so gerillt aus.

Als der Onkel sah, daß es wieder aufwärtsging, wurde er wieder fröhlich und ich auch. Ich habe ihn beim Liegen gewaschen, rasiert und die Haare geschnitten. Er war mir so dankbar, daß er mir alles geben wollte, was er hatte. Aber sein bißchen Geld war nichts wert, es war noch vor der Währungsreform. Nur seinen Samthut, den er mir gab, konnte ich umrichten lassen.

Ich wäre so gerne Krankenschwester geworden. Als ich früher meinen Vater fragte, ob ich das werden dürfte, wurde er so zornig, daß er mich schlug. Ich habe in meinem Leben immer gern Kranke gepflegt und bin fünfmal Sterbenden beigestanden, aber ich kam nicht zu diesem Beruf. Als sich der Onkel Otto wieder ein bißchen erholt hatte, haben wir ihn vor dem Haus in den Korbstuhl gesetzt. Da, in der Sonne, freute er sich wieder. Nun wollte er auch wieder rauchen. Ich stopfte ihm die Pfeife und rauchte sie ihm an, da sagte er immer, gib sie her, du rauchst sie mir sonst halb aus. Da lachten wir beide, und ich steckte ihm die Pfeife in den Mund. Weil er keine Zähne hatte und schon recht zittrig war, konnte er sie nicht halten.

Der Onkel wurde wieder gesund und ging umher, und das dauerte noch zwei Jahre. Dann aber, er war jetzt 79 Jahre alt, kam es mit ihm zum Sterben. Ich stand an seinem Bett, um ihn zu trösten. Da sagte der Onkel, und er war ganz bei sich, schau, da steht ein Bub am Fußende vom Bett, der steht nun schon eine Weile da, was will denn der? Ich sagte, ich sehe niemand. Aber geh, schau doch, da steht er, er sagt nichts, frage ihn, was er will. Ich sehe niemand, Onkel, du bildest dir das ein. Aber er ließ es sich nicht ausreden, ich sollte den Buben fragen, was er will. Das waren seine letzten Worte, und er starb friedlich in meinem Beisein.

Ich war jetzt im dritten Monat schwanger von unserem zweiten Kind, ich habe es dem Onkel in seiner Krankheit nicht gesagt, weil es heißt, wenn im Haus ein Kind zur Welt kommt, muß eins von den Alten gehen.

Onkel Otto war damals der einzige von meinen vier Leuten gewesen, der eine Rente hatte. 23 Mark hat er Rente bekommen. Er war sehr stolz, weil er sich etwas kaufen konnte. Da hat er sich einen kleinen Luxus geleistet, extra eine Bürste, mit der man ihm nach dem Haarschneiden den Hals abbürsten konnte, und eine kleine Schnurrbartbürste hat er sich auch gekauft. Ich habe ihn immer sehr schön gemacht. Er war weißhaarig und fast immer lustig. Traurig war er nur, wenn er auf dem Kanapee saß und sagte, jetzt geht's schon wieder in d' Hosen! Ich sagte dann immer, Otto, das macht nix. Ob a Bazerl oder a Handvoll drin is, das ist gleich. Du brauchst dir gar nichts denken. Ich wasch's gleich wieder aus. Das war oft bei den Alten so. Der Abort war nicht im Haus, und damals hatte ich noch keine Waschmaschine. Da war alles noch viel Arbeit. Aber ich wußte ja vorm Heiraten schon, daß alle die Leute da sind, und vor dieser Arbeit habe ich mich nie gefürchtet. Wenn die harte Außenarbeit nicht gewesen wäre, hätten wir sogar alle ein schönes Leben gehabt.

Das Lieblingsessen der Alten war eine gute Herbstmilchsuppe mit viel saurem Rahm und im Rohr gebratene Kartoffeln. Herbstmilch ist eine saure Milch, zu der man fast jeden Tag wieder eine gestöckelte Milch dazuschüttet. Dann rührt man um, nimmt einen Liter heraus, verquirlt sie mit etwas Mehl in einem

Liter kochendem Wasser und rührt sie dann mit saurem Rahm an.

Wie meine alten Leute schon kränklich waren, kam der Pfarrer und hat ihnen die Letzte Ölung gegeben. Manche Leute fürchten sich davor. Da werden dem Kranken die Augen, Ohren, der Mund, Hände und Füße mit heiligem Öl gesalbt, das der Bischof geweiht hat, und für viele Kranke ist dies ein Trost. Auch ich habe diese heilige Salbung schon zweimal empfangen, als ich so schwer krank war.

*

Jetzt war es viel leerer im Haus geworden. Wir zogen in die obere Stube um, das ist nach altem Brauch das Schlafzimmer für die Hofbesitzer. Wir dachten dabei an unsere Vorgänger und sagten, nun sind wir nachgerückt, aus diesem Raum wird man auch uns einmal als Tote hinaustragen. Da erinnerten wir uns an all die Geschichten, die die Onkel und Tante Lini erzählt hatten, von der Zeit, als sie noch Kinder waren, und wie es ihnen ergangen war.

Ihre Eltern hatten ein Stück Wald gerodet und im Hochholz ein Blockhaus draufgebaut. Acht Kinder waren es, die halb verhungert sind. Eine Bäuerin hat zu ihrer Mutter gesagt, schickt der Herr das Häslein, dann schickt er auch das Gräslein, hat ihr aber nichts gegeben. So hat die Mutter in ihrer Not Haferbrot gebacken, das war so rauh, daß die Kinder beim Essen immer mit dem Kopf nickten, um es hinunterzubringen. Sie waren so unterernährt, daß sich zwei Buben beim Stürzen die Hüften ausrenkten und zeitlebens halbe Krüppel blieben. Darum haben sie auch nicht geheiratet, und die drei Geschwister blieben zusammen.

Sie kamen alle bald zu Bauern in Dienst. Sie erzählten, wie es zu Weihnachten eine Gans als Festessen gab. Der Onkel Otto war Stallbub und hat einen Gänsefuß bekommen, mit einem Darm umwickelt, das war sein Anteil. Trotzdem waren die jungen Leute damals fröhlich und haben auch ihre Streiche gemacht.

Da war ein ganz geiziger Bauer, der hat es sich mit den jungen Burschen verdorben. Dem haben sie in einer Nacht einen schweren

Mistwagen in seine Einzelteile zerlegt, ihn auf dem First der Scheune wieder zusammengesetzt und ihn obendrein noch hoch mit Mist beladen. Das war eine Schande damals. Und zum Prangertag, das ist Fronleichnam, da haben sie an die Fenster der Mädchen Birkenbuschen gebunden, das war eine Ehre, aber einer, die es mit jedem trieb, der haben sie in der Nacht vor dem Fest einen großen fahrbaren Odelkübel mit einem Strick ans Fensterkreuz gebunden, das war eine arge Schande. Diese Magd hat das Seil abgeschnitten, als sie am Morgen die Bescherung sah, der Kübel stürzte ab und fiel in alle Teile auseinander, so daß der Bauer auch noch einen mächtigen Krach schlug, weil die Tonne zertrümmert war. Aber einer Witwe haben die Burschen und Mägde in der Nacht das ganze Getreide in der Ernte abgemäht, die Mägde haben die Garben gebunden, und so war der Witwe geholfen.

Die Geschichte vom Waldler Franz und wie er ermordet wurde, haben sie oft erzählt. Der Franz war der Nachbar vom Blockhäusl im Hochholz. Er hatte eine Frau und einen Sohn. Dieser Sohn sollte nun zum Militärdienst einrücken, das waren damals drei Jahre. Die Mutter wollte ihren Sohn davor bewahren, und sie überredete ihn, den Vater zu ermorden. Mit einem Revolver hat der Sohn den Vater im Kuhstall erschossen, und die beiden haben die Leiche unter dem Stroh im Schuppen versteckt. Dann hat die Frau ausgestreut, der Mann sei zu Fuß nach München unterwegs. Darüber hatte nun deren Mutter Zweifel. Nachdem eine Woche vergangen war, erspähte die Wieserin, so hieß die Mutter, daß die Waldlerin und der Sohn nachts im Garten arbeiteten. Am frühen Morgen fuhren sie dann frischen Mist in den Garten und deckten damit eine größere Fläche ab. Das war ungewöhnlich. So nahm die Wieserin in der nächsten Nacht Werkzeug mit, rechte den Mist zur Seite und fand bald die Stelle, wo das Erdreich aufgegraben worden war. Da grub sie nach und fand eine Hand des Ermordeten. Sie machte alles zu und den Mist wieder darüber, damit die Mörder nichts merken sollten. Die Wieserin war auch schon Witwe, ihr Mann war an Gesichtskrebs gestorben. So ging sie selbst zur Polizei, die Gerichtsbeamten kamen, und die halbe

Gemeinde lief zusammen. Dann wurde die Leiche ausgegraben und das Mörderpaar verhört. Die Mörderin saß in der Stube, strickte und war ganz ungerührt, derweilen die Leute ans Fenster kamen, sie anspuckten und als Mörderin beschimpften. Der Tote war ein braver Mann gewesen. So wurden beide, Mutter und Sohn, verhaftet und ihr Anwesen versteigert.

Sie erzählten auch die Geschichte von einem reichen Bauern, der schon etwas in den Jahren war, als er ein sehr schönes junges Mädchen heiratete. Das Mädchen weinte bittere Tränen, aber seine Mutter, geblendet von dem großen Besitz, zwang es zur Hochzeit. Der Bauer war aber lieber im Wirtshaus und im Wald als bei seiner jungen Frau. So wurde die Ehe unglücklich. Ein Roßtäuscher, ein schmucker Mann, wurde nun der Liebhaber der jungen Frau. Es war gerade der Erste Weltkrieg zu Ende, und das Paar hatte schon den Plan gefaßt, den Bauern zu töten. In der Stadt waren Truppen im Quartier, und die junge Frau ging zu dem Militärarzt, um sich, wie sie sagte, ein Marschierpulver zu holen. Der wies sie zwar ab, aber sie ließen ihren Plan nicht fallen. Der Liebhaber hatte nun bald als Roßhändler Zugang zu Arsenik, mit dem damals ältere Pferde aufgepulvert wurden. Dieses Gift gab die Frau ihrem Mann in den Kaffee, und er starb. Es wurde bald heimlich gemunkelt, weil nun das Paar heiratete. Aber weil sie beide das Geld mit vollen Händen ausgaben und sie an Ansehen gewannen, traute sich niemand, etwas zu sagen. Alle geachteten Bürger der Stadt waren ihre Freunde, und es dauerte acht Jahre, bis der Hof ruiniert und das Geld ausgegangen war. Nun hatten sie keine Freunde mehr, und das Gerede fing wieder an. Der Tote wurde gefunden, nächtlich ausgegraben, und in einem langen Prozeß wurde der Beweis geführt, daß sie den Bauern vergiftet hatten. Die Frau kam lebenslänglich ins Zuchthaus, ihr Mann und Mittäter 15 Jahre.

Ich habe diesen Mann mit seinen eisgrauen Haaren nach seiner Entlassung noch oft gesehen, auch die Frau, die nach 20 Jahren begnadigt wurde, habe ich noch gekannt.

*

Als der Onkel Otto gestorben war, kam bald die Währungsreform. Wir hatten ein Feld mit Gurken angebaut, die brachten mehr Geld als Getreide. Ein ganzer Lastzug voll war unsere Ernte. Da konnten wir wenigstens die Beerdigung bezahlen. Dem Doktor schuldeten wir noch 700 Mark, die wir langsam abstotterten.

Am 2. Juni 1949 bekam unsere Carola ein Schwesterchen, die Christine. Und am selben Tag ist auch zur selben Stunde mein Vater gestorben. Er hat kein leichtes Leben gehabt und hat den Tod unserer Mutter nie ganz überwunden.

Wenn ich an meine Kinder denke, wie sie noch klein waren, da waren manche Sorgen. Die ältere Tochter ist ganz plötzlich steif geworden, hat die Arme und Füße ganz steif gehabt, und ein weißer Schaum ist aus ihrem Mund gekommen. Ich konnte dagegen gar nichts machen, ich wußte nicht, was ich anfangen sollte! Das kam dann öfter, und ich fuhr ganz schnell mit dem Rad zum Arzt, der sagte, das sind Froasen, ich sollte die Carola liegen lassen, sonst könnte ihr etwas bleiben, was ihr im Leben nachteilig wäre. Ich mußte ihr dann Tropfen ins Flascherl geben, und es hat sich dann später doch nicht nachteilig ausgewirkt.

Die zweite Tochter war auch in den ersten Monaten so krank, da gebe ich mir aber heute selber die Schuld. Ich mußte immer draußen bei der Arbeit sein und bin dann schnell hineingelaufen zum Stillen. Das Kind hatte Hunger und hat die erhitzte Milch getrunken und ist darmkrank geworden. Es hat ganze Nächte geschrien und nicht geschlafen vor lauter Bauchweh. Es wurde mager und ganz blaß im Gesicht. Dann hat der Arzt gemeint, wir müssen die Milch wechseln. Es hat aber nichts geholfen. Da wollte sie der Arzt ins Kinderkrankenhaus geben, ich aber wollte das nicht. Ich wollte das Kind bei mir haben. So gab mir ein anderer Arzt den Rat, es mit Buttermilchpulver zu probieren. Wochenlang bin ich mit einer Windel jeden Tag zum Doktor gefahren, aber es wurde nicht besser, bis dann das Buttermilchpulver doch geholfen hat. Ich hab mich geschämt, weil eine Nachbarin zu mir gesagt hat, da schaut schon der Tod aus dem Wagerl.

Da hat man schon seine Sorgen und keine Ruhe und keinen Schlaf. Doch danach ging's aufwärts. Jedes kleine Lachen vom Kind war für uns eine große Freude. Später war die Christine ein ganz braves und lustiges Kind.

Unser drittes Kind hat Jahre danach, wie die Große, auch die Froasen bekommen. Wir mußten die gleichen Ängste ausstehen wie bei der Carola. Es tut einem halt so leid, wenn man so ein armes Kind anschauen muß und nicht helfen kann.

*

Bei uns im Dorf gab es viel Lustiges, manchmal auch Trauriges, und ich weiß heute noch Geschichten, die sich die Leute einander erzählten.

Auf einem kleinen Anwesen wohnten zwei ältere Leute. Der Mann war ein bißchen erfinderisch. So dachte er sich immer wieder etwas aus, was ihm die Arbeit erleichtern konnte. Beim Buttern, dachte er, fällt mir schon auch was ein, daß ich nicht mehr mit der Hand drehen muß. Er sagte, da häng ich den Elektromotor an, dann kann ich in Ruhe meine Pfeife rauchen. So bastelte er an seiner neuen Erfindung. Als es soweit war, füllte seine Frau den Rahm ins Butterfaß und der Mann sagte, heute kannst du mehr Rahm hineingeben, denn heute geht es elektrisch. Damals war der Strom noch eine Seltenheit in unserer Gegend. Als nun alles bereit war, zündete sich der Mann seine Pfeife an, die Frau war inzwischen in den Stall zur Arbeit gegangen. Nun schaltete er den Motor ein. Da ging's los, aber wie! Im Nu flog der Deckel vom Butterfaß davon, der Rahm spritzte an die Decke und auf den Mann herunter. Da fürchtete er sich, lief aus dem Haus und schaute beim Fenster hinein, wie alles ausgehen würde. Er brauchte nicht lange zu warten, da war der ganze Rahm aus dem Butterfaß herausgeschleudert. Nun erst traute er sich wieder hinein und schaltete den Motor aus. Als seine Frau die Bescherung sah, gab es einen furchtbaren Krach, denn bei all seinen Erfindungen war nie was Brauchbares herausgekommen. Der Mann war überhaupt ein sonderbarer Mensch. Am Hauseingang baute er einen von zwei dicken Säulen getragenen Balkon, der paßte zum Haus wie die Faust aufs Auge, und die Leute sagten spöttisch, das sei das Schloß Lichtenstein, weil er sagte, sein Haus müsse aussehen wie ein Schloß, auch wenn es in schlechtem Zustand sei. Der Name ist dem Haus geblieben.

Ein Bauer kam ins Wirtshaus und freute sich, weil er heute einmal was Interessantes erzählen konnte. Die anderen Gäste merkten bald, daß er was hinten hatte, und ließen ihn gleich zu Wort kommen. Er sagte, heut gibt's bei uns noch a Gaudi, heut stirbt noch d'Muada. Den andern schien das nun gar nicht nach einer Gaudi auszusehen, die alte Frau ist in dieser Nacht gestorben.

Vor kurzem erst haben zwei noch junge Bauersleute ein Futtersilo betoniert. Die Frau war an der Betonmischmaschine, schaufelte Sand und Kies hinein, und der Mann fuhr den Beton weg zur Baustelle. Die Frau war hochschwanger. Plötzlich setzten bei ihr die Wehen ein. Sie sagte zu ihrem Mann, du, ich kann nicht mehr, jetzt kommt das Kind. Der Mann sagte, das geht nicht, jetzt hast du keine Zeit, du mußt warten, bis das Silo fertig betoniert ist. Das Kindlein ließ sich aber nicht aufhalten, und die Frau mußte sich schon die Zeit dazu nehmen.

Aber auch bei uns ist immer viel passiert,

und ich erinnere mich gerne an vieles, was geschehen ist.

Es ist ein alter Brauch, daß man zu Ostern Eier, Rauchfleisch und ein Lämmlein aus Kuchenteig zur Kirche bringt, und alles das wird nach der Messe geweiht. Es soll die erste Speise sein, die am Ostersonntag gegessen wird. So hatte auch ich mein Körbchen mit diesen Dingen in der Kirche dabei. Neben mir im Kirchenstuhl war ein alter Mann. Der stieß mein Körbchen um, und die Eier kullerten unter der Bank herum. Eilig versuchte ich alle zusammenzuklauben, aber der Alte war schwer von Begriff und trat mit seinen großen Schuhen auf ein Ei. Dann aber sagte er laut, was iss denn? Die Leute schauten her, und ich bekam einen roten Kopf. Das Ei war kaputt, und die Leute hatten was zu lachen.

Im Herbst haben wir viel Kletzen getrocknet. Jeder Bauer hatte einen eigenen Dörrofen, der Tag und Nacht geheizt wurde. In der Nacht steckte man große Holzstücke in den Ofen und drosselte den Zug, dann ging's bis zum Morgen nicht aus. Die Wasserbirnen wurden die saftigsten Kletzen. Es verging fast kein Tag auf dem Bauernhof, an dem es nicht

Mehlspeisen und Kletzenbrühe gegeben hat. Weckgläser waren noch kaum da. Wenn jemand keinen eigenen Dörrofen hatte oder gerade besonders viel Birnen angefallen sind, so wurden sie im Brotbackofen getrocknet. Wenn da von den Dienstboten jemand hineinkriechen mußte, mußte der oder die beim Auslesen singen, daß im Ofen nicht so viel gegessen werden konnte.

Früher sind die Küken von den Hennen selbst ausgebrütet worden, und man war froh, wenn man eine gute Kükenmutter hatte. Eine solche hatten wir damals, und sie führte ihre Küken im Hof spazieren.

Da brachte ich von Verwandten einen kleinen Hund heim. Der Hund, neugierig und ahnungslos, war recht tollpatschig und lief überallhin. Die Katze leckte gerade ihre Milch aus dem Schüsselchen, da kam der Ferri, so hieß der Hund, trat mit seinen großen Pfoten in die Schüssel und kippte die Milch um. Er erschrak fürchterlich und verdrückte sich an die Wand hinter der Tür. Da kam Carola ins Zimmer und stieß die Tür ganz weit auf. Das Hündchen jaulte fürchterlich und machte so seine Erfahrungen.

Der Ferri patschte aber auch ständig durch die Kükenschar, was die Bruthenne übel aufnahm. Sie hüpfte ihm auf den Rücken, schlug ihn mit den Flügeln in die Seiten und hackte ihn mit dem Schnabel auf den Kopf. Der Ferri war vor Schmerz und Schrecken halb verrückt und kollerte zuletzt in einen Wassergraben, wo die Henne endlich von ihm abließ. Da war er wieder um eine Erfahrung reicher.

Später, als der Ferri ausgelernt hatte, da hat er es den Hennen dann schon gezeigt, daß er auch was zu sagen hat. Der Ferri war nur ein kleiner Hund, so wie der Schockerl in meiner Kinderzeit, aber er war recht mutig.

Bei der Nachbarin war auch ein Hund, die beiden konnten sich aber nicht leiden. Der andere, der Flocki, hatte ein recht langhaariges Fell, durch das der Ferri nicht beißen konnte, so war er bei den Raufereien etwas benachteiligt. Aber einmal kam noch ein Hund dazu, ein etwas größerer. Mein Mann ließ sich die Gelegenheit nicht entgehen und hetzte die drei Hunde zusammen. Das war vielleicht eine Gaudi, die Hunde gerieten so in Begeisterung, daß man sie gar nicht mehr auseinanderbringen konnte. Die Nachbarin kam nun ihrem Hund zu Hilfe und schlug auf den Ferri und den anderen Hund ein, aber in dem Durcheinander kam sie zu Fall, streckte die Beine in die Höhe, und der Kampf ging über ihr weiter. Da mußte mein Mann dann doch eingreifen, aber unser Ferri hat damals den Flocki arg zerbissen, und wir waren stolz auf ihn.

Von Zeit zu Zeit wanderten Ratten zu, aber wenn wir sie bemerkten, hatten sie kein langes Leben mehr. Im Kammerl, beim Schweinekartoffeldämpfer, war ein Kohlenhaufen, da drunter war oft ein Ratz. Also machten wir, wenn er da war, die Türe zu, damit er uns nicht auskam, und räumten den Kohlenhaufen um. Ich hatte einen Stock in der Hand, um den Ratz gleich zu erschlagen. Auf einmal sahen wir seinen Kopf herausschauen, der gleich wieder verschwand. Mein Mann räumte weiter alles weg, nun sprang der Ratz heraus und mir unter den Rock, noch ehe ich zuschlagen konnte. Ich schrie fürchterlich und klemmte die Beine zusammen und meinte, jetzt beißt er mich schon. Mein Mann und der Nachbar, der mit dabei war, konnten beide vor lauter Lachen über den letzten Zufluchtsort vom Ratz gar nichts mehr tun, aber dann fiel der Ratz doch zu Boden, und die Männer haben ihn erschlagen.

Es war Sommer, und wir mähten eine Wiese zum Heuen. Am Grabenrand mähte ich mit der Sense alles das ab, wo die Maschine nicht hinkonnte. Weil es sehr heiß war, gingen wir ganz luftig gekleidet. Ich hatte ein sehr leichtes flatteriges Kleid an. Die Bremsen umschwirrten mich wie immer im Sommer, drum fiel es mir nicht auf, daß ich gerade über einem Erdloch stand, in dem Wespen ihr Nest hatten. Ich dachte mir gerade, heut summen die Bremsen aber arg, es wird wohl ein Gewitter kommen, als ich den ersten Stich bekam. Nun wurde mir klar, daß es Wespen waren. Die haben sich unter meinem Kleid wie unter einer Glocke gesammelt, und als ich nach ihnen mit der Hand schlug, haben sie angefangen, mich zu stechen. Ich warf die Sense hin, um mich summte es vor lauter wildgewordenen Wespen. Es war ein Wald ganz in der Nähe, da lief ich hin und habe mir das Kleid vom Leib gerissen, da hörte alle Scham auf. So stand ich nackt in den Büschen, und die Wespen verfolgten mich bis hierher, elf Stiche hatte ich auf dem Leib. Ich zog die Stacheln heraus, und dann mähte ich wieder weiter.

Meinem Mann erging es einmal ähnlich, auch er mähte am Morgen Gras, und der Knecht, den wir damals hatten, erzählte ihm, daß sein früherer Bauer beim Mähen einmal über einem Mauseloch gestanden war, in dem Wespen waren. Diese nun, in ihrer Ruhe gestört, waren aus dem Loch gekommen, ihm ins Hosenbein geflogen und hatten ihn gewaltig gestochen. Damals lachte mein Mann unbändig, aber nicht mehr lange, denn er stand ebenfalls über einem Mausloch mit Wespen drin, und noch während er lachte, bekam er selbst die ersten Stiche. Nun wußte er noch genauer, wie lustig das ist.

Einmal war ich beim Nachbarn zum Dreschen. Da waren immer so an die 16 Leute zur Arbeit beisammen! So um elf Uhr war Essenszeit. Drei Frauen waren wir, die das ausgedroschene Stroh in der Scheune einlagerten, und wir standen schon gut vier Meter hoch über dem Boden. Ein Mann unten rief, wir sollten hinunterrutschen, er fängt uns auf. Die beiden anderen Frauen getrauten sich nicht, aber ich rutschte. Der Mann war groß und stark, aber schön war er nicht. Er hatte eine viel zu weite Lederhose an, die er von einem sehr dikken Mann geschenkt bekommen hatte. Alle schauten zu, ob ich mich getraute. Ich begann zu rutschen und rutschte ihm mit den Füßen in die weit abstehende Hose hinein. Automatisch schlang ich die Arme um seinen Hals, wir verloren beide das Gleichgewicht, fielen zu Boden und lagen da in inniger Umarmung. Die Zuschauer konnten vor Lachen kaum ein Wort sagen, der Mann war an die 60 Jahre alt und bedauerte sehr, daß ihm das nicht früher passiert ist.

*

Wir haben zwei Tagwerk Kartoffeln angebaut und viel Rüben fürs Vieh, und wenn es mondhell war, gingen wir noch einmal aufs Feld zum Hacken. In anderen Nächten habe ich das Brot gebacken, immer sechs große Bauernlaibe. Oder ich habe gewaschen, damit ich tagsüber wieder mit meinem Mann bei der Arbeit sein konnte. Ich habe als Haustrunk Bier aus Malz und Hopfen gebraut, weil wir kein Geld hatten, uns Bier zu kaufen. Im Herbst, wenn das Obst an der Reihe war, haben wir zusammen die Weckgläser gefüllt, und es hat immer bis weit nach Mitternacht gedauert, bis ich zur Ruhe kam.

Wenn ich die Kinder zu Bett brachte, habe ich noch eine Weile mit ihnen gespielt, das war ein Lärm und ein Gelächter, daß man es auf der Straße hören konnte. Danach schliefen sie immer glücklich ein.

Wir hatten im Haus einen Kamin, in den der Kaminkehrer hineinsteigen mußte. Bald aber bauten wir einen neuen, das war unsere erste Baumaßnahme. Das ging dann Jahr für Jahr so dahin, bis wir schließlich den ganzen Hof umgebaut hatten. Wenn wir etwas verkaufen konnten, wurde ein Loch gemacht und ein größeres aufgerissen. So war für uns nie Geld da. Manchmal habe ich meinem Mann eine Schachtel Zigaretten gekauft, das hat ihn gefreut.

Langsam besserte sich unsere Lage. Während die Nachbarn auf der Feierabendbank saßen und über uns lachten, ging es endlich aufwärts. Nun wurden sie neidisch, wenn sie den Ertrag sahen. Wir hielten uns Zuchtsauen, damit wir die Ferkel nicht kaufen mußten, und haben mancherlei Lehrgeld bezahlt. Dann haben wir einen modernen Stall für sie gebaut, und als einige Nachbarn ihn besichtigten, da waren 70 Schweine drinnen. Da waren sie ganz erschrocken, denn wir hatten mehr als sie.

Nun brauchten wir auch einen neuen Rinderstall. Der alte wurde abgebrochen und ein größerer gebaut, so daß er nicht mehr im Wohnhaus war wie früher. Wir hatten jetzt viel Schulden und mußten jährlich zwei Raten bezahlen. Erst haben wir aus unseren Erlösen die Raten bezahlt, dann Futter und Düngemittel gekauft, damit der Ertrag immer höher wurde. Waren die Schulden bezahlt, wurden schon wieder neue gemacht, und die steigenden Preise machten das fast wieder wett, was wir neu erspart hatten.

Inzwischen hatten wir auch ein Pferd zu unserem Ochsen dazugekauft. Das Pferd konnte die Heumaschine ziehen und manches schneller machen als der Ochse. Aber mein Plan war auf einen Schlepper gerichtet. Einmal beim Melken, nun hatten wir schon zwölf Kühe, habe ich meinem Mann von diesem Plan erzählt. Da wurde er zornig, aber ich habe ihn überzeugt, daß wir den Schlepper bezahlen können.

Im nächsten Frühjahr haben wir den neuen 12 PS Schlepper mit den Anbaugeräten bekommen. Den hat ein Nachbar in den ersten Wochen gar nicht sehen wollen, obwohl wir auf der Wiese gegenüber arbeiteten.

Es war noch während des Krieges gewesen, als ich mich mit den Ochsen auf der Wiese abmühte und dieser Nachbar mir gegenüber mit zwei Pferden bei der Arbeit war. Er ging stolz neben seinen Pferden her und hat mich ausgelacht. Da hab ich eine Wut bekommen und gewünscht, ihm sollen die Pferde durchgehen, und im nächsten Augenblick setzten sie tatsächlich zum Sprung an und rasten auf seinen Hof zu. Die Egge, die sie mitschleiften, blieb an einem Zwetschgenbaum hängen, der Baum wurde umgerissen, und die Pferde jagten in den Hof. Da hörte man seine Leute schreien, und als die Pferde eingefangen waren, da war auch ihr Geschirr zerrissen, und an dem Tag kam der Nachbar nicht mehr zur Arbeit heraus.

Aber bei uns war nicht nur der Fortschritt

eingekehrt. Der Tierarzt hat oft kommen müssen, denn mit dem Glück im Stall waren wir nicht besonders gesegnet. Jeden Abend vor dem Schlafengehen schaute mein Mann noch nach beim Vieh, ob alles in Ordnung sei, und doch gab es Tage, an denen wir voller Angst uns fragten, was wird heut schon wieder für ein Unglück auf uns warten. Sogar der Tierarzt sagte, so wie bei uns sei es selten.

Einmal kam der Vater mit seinem Sohn, und sie wußten keinen Rat, obwohl die beiden sehr gute Tierärzte waren. Nun mußten wir wertvolle Kühe schlachten, an einem Tag zwei auf einmal, und die Ursache ihrer Krankheit blieb unbekannt. Da waren wir sehr niedergeschlagen. Am nächsten Tag war die Zuchtsau mit zwölf Ferkeln krank und gab für die Kleinen keine Milch mehr. Da kamen die Ferkel in Lebensgefahr, und es gab Sorgen mehr als genug.

Unsere Freude waren aber die Kinder, die bis heute nicht vergessen haben, wie wir mit ihnen fröhlich waren. Mein Mann hat immer wieder die Bremer Stadtmusikanten spielen müssen. Er hat allein den Gockel, die Katze, den Hund und den Esel gespielt, und die Kinder waren die Räuber. Das war am Abend in der halbdunklen Stube so spannend, daß das Spiel bald wiederholt werden mußte. Die Christine hatte einen Stoffbären, der war ihr Lieblingsspielzeug. An den Tatzen war er schon arg abgenutzt, und mein Mann erzählte den Kindern, daß der Bär um Mitternacht lebendig wird und umherstreift, darum seien die Tatzen so abgenutzt. Und für sie war er auch lebendig. Die Kinder wurden größer, und besonders Carola, die älteste, mußte schon viel mithelfen bei der Arbeit.

Den Schulweg mußten die Kinder damals noch zu Fuß machen, und die Nachbarskinder schlugen die Christine oft auf dem Weg, weil sie in der Schule besser war als sie. Sogar ein hinkender Nachbar verspottete das Kind immer, weil es nicht so schön angezogen war.

Unsere Arbeit in all den Jahren trug dann doch Früchte. Die eine Hälfte unseres Hauses, in der einmal der Kuhstall war, war abgerissen und neu als Wohnteil ausgebaut worden. Das war für die Nachbarn ein solches Ärgernis, daß sie nicht mehr am Haus vorbeigingen, sondern einen Bogen drum machten, damit sie es nicht anschauen mußten.

Mein Mann hatte nach dem Krieg keine Rente beantragt, weil damals ein solches Elend war, und er war zufrieden, daß er gesundheitlich noch so gut weggekommen war. Aber nun ging das Gerede, wir könnten ja leicht bauen, mit der großen Kriegsrente. Da habe ich meinem Mann so zugesetzt, daß er die Rente dann wirklich beantragt hat, und er hat sie auch ohne weiteres bekommen. Wenn er auch auf die zurückliegenden Jahre verzichtet hatte, spürten wir nun doch, was so eine zusätzliche Einnahme wert ist.

*

Als das erste Weihnachtsfest nach unserer Hochzeit kam, da war mein Mann bereits am Westwall und hat mir einen langen Brief geschrieben. Es ging damals recht still zu, und mit meiner Schwiegermutter kam ohnehin keine Weihnachtsstimmung auf. Einen Christbaum hatten die alten Leute nicht für nötig gehalten, so war es für mich eher ein trauriger Tag.

Nach dem Krieg gab es das erste schöne Weihnachten mit einem Christbaum, mit

Kerzen und Glaskugeln. Unser erstes Kind, die Carola, war vier Jahre alt und konnte es kaum erwarten, bis sich die Tür zur Stube öffnete, wo das Christkind den Baum hergerichtet hatte. Doch was sie sah, übertraf ihre Vorstellungen, mitten im Lauf blieb sie wie angewurzelt stehen, und ich hatte Tränen in den Augen.

Nun wurde Weihnachten immer sehr schön gefeiert, unsere Flüchtlinge waren auch dabei, es kam ja nicht auf die Geschenke an. Mein Mann bekam einen Rasierpinsel von mir, der Onkel Schnupftabak, und wir haben uns einige Flaschen Bier und ein Pfund Aufschnitt geleistet. Im übrigen wußten wir in den ersten zehn Jahren gar nicht, was Bier kostet, wir haben sonst nie eins gekauft. Daß einer täglich sich nach Feierabend ein Bier leistete, das war schon allerhand.

Mein Mann hatte eine hölzerne Mistkarre, ein Klump, und da habe ich heimlich vom Eiergeld gespart und unter den Christbaum eine gummibereifte eiserne Schubkarre hingestellt, so etwas gab es damals noch ganz selten. Das hat ihn mehr gefreut als alles vorher und nachher, und noch heute ist die Karre in Betrieb, obwohl schon dreimal eine neue Wanne auf sie draufkam. Auch Zigaretten hab ich ihm gekauft, ich hab es gern gehabt, wenn er geraucht hat.

Ein anderes Mal, als wir schon den Traktor hatten, habe ich schon den ganzen Sommer über gespart, und dann lag unter dem Christbaum ein Säckchen, das war sehr schwer, und was war drinnen? Zwei Schneeketten für den Schlepper, denn meinem Mann waren die immer zu teuer, und nun bekam er sie geschenkt.

Er hat auch mir viele Dinge geschenkt, da war er nicht kleinlich, und ich war immer die Unterlegene, weil er mehr Geld hatte.

Wie wir geheiratet haben, da hab ich einen Stoff gekauft und mir meine Hemden selbst geschneidert. Es war ein weicher, guter Stoff für meine Werktaghemden, in den feine hellgraue Streifen eingewebt waren, und die Nachbarinnen nannten die Hemden spöttisch Zebrahemden. Da hab ich mich sehr geärgert, denn ich hatte keine so schöne Reizwäsche wie andere junge Frauen, aber manche von ihnen hat trotzdem ihren Mann nicht halten können. Im Laufe der Zeit sind auch meine Schränke voll schöner Wäsche geworden, und das freut mich jetzt.

Am Heiligen Abend, als die Onkel und die Tante noch gelebt hatten, da kam der Pfarrer zu uns mit zwei Ministranten. Auf einem Kinderschlitten zogen diese das Jesuskind aus der Kirche mit. Dann wurde bei uns ein Altar aufgebaut und eine kurze Andacht gehalten. Die alten Leute haben gebeichtet und die Heilige Kommunion empfangen, weil sie ja schon so gebrechlich waren, daß sie nicht mehr zur Kirche gehen konnten. Das war für sie dann ein Freudentag.

Silvester wurde früher nicht gefeiert im Hause, Sekt oder Wein waren unbekannt, nur die Tante hat einmal einen Heidelbeerwein auf Flaschen gezogen. Eines Nachts gab es plötzlich einen Krach. Einige Flaschen, die in einem bemalten alten Schrank standen, hat es da zerrissen, das war vielleicht eine Bescherung!

*

Alle Bauernhäuser waren früher noch alt, überall waren alte Mauern, naß und kalt. Oft waren Pferde- und Kuhstall neben der Küche. Bei uns war das früher auch so gewesen.

Von der Küche konnte man in den Kuhstall gehen. In der Küche war in der Mitte ein runder Tisch, auf dem man das Essen anrichten und arbeiten konnte. Der Fußboden war nur aus Beton und sehr kalt. Die Seitenwände waren dickes und nasses Mauerwerk. Die Küche hatte drei Türen, eine zum Hausgang, eine in die Stube und die dritte in den Kuhstall. Zwei Fenster waren auch da, aber ziemlich kleine. An der Fensterseite war eine lange Anrichte mit einem Vorhang, und hinter dem Vorhang war das Küchengeschirr verräumt.

Auf der Hausgangseite war am Kamin ein Backofen angeschlossen, in dem ich sechs Laib Brot backen konnte. Und gegenüber, neben der Stalltür, war ein betonierter Wasserkrand. In diesen zwei Kubikmeter großen Behälter konnte man von dem hinterm Haus stehenden Brunnen Wasser in die Küche pumpen. Den Stall haben wir später auf der anderen Hofseite neu aufgebaut. So kam auch der Misthaufen vor der Stalltür und vor den Stubenfenstern in der Hofseite weg. Das war alles harte Arbeit. Nachtruhe gab es fast keine.

Als wir 1950 den neuen Kuhstall gebaut haben, mußten wir mit einem Pferd und einem Ochsen das ganze Bauholz fahren. Mein Mann und ich luden die 22 Meter langen, schweren Baumstämme zu zweit auf. Fremde Leute hätten wir uns nicht leisten können.

Einmal fuhren wir auch ganz lange große Stämme auf zwei stark gebauten Holzschlitten, die weit auseinandergezogen waren, zum Sägewerk. Vom Wald über die Wiese und auf dem Feldweg ging es ganz gut. Ich mußte den hinteren Schlitten mit einer Stange lenken, wie bei einem Schiff oder einem Floß. Ich konnte den Stoaz, wie er bei uns hieß, mit den Händen kaum umlangen. Es mußte aber gehen. Wir kamen von dem Feldweg auf die Hauptstraße, die noch nicht geteert war. Wir wußten natürlich nicht, daß dort fast kein Schnee mehr lag. Dort fuhren wir nicht lange, dann kam ein Stein unter den Schlitten. Mein Lenkstamm schlug mich über die Straße, und die ganze Fuhre Langholz lag auch im Straßengraben. Mein Gott, wir waren ganz fertig. Zum Glück kam ein Bekannter, der uns wieder aufladen half. Ich hätte das allein mit meinem Mann nicht mehr geschafft.

Wir sind dann erst spätabends nach Hause gekommen. Dann blieben noch die Stallarbeit und die Hausarbeit. Die Kinder waren schon eingeschlafen. Wir waren todmüde.

1952 bekamen wir noch die kleine Monika. Nun waren wir ein Dreimäderlhaus. Das war mir später ein Trost, daß ich die noch hatte, als die andern aus dem Haus gingen.

*

Zu Weihnachten 1960 zogen wir in den Neubau ein, das war eine Freude. Der andere Teil des Hauses blieb noch, wie er war. Carola ging nun bald zu einem Industriebetrieb arbeiten. Sie half uns aber am Morgen und Abend daheim bei der Arbeit und mit ihrem Lohn im Haushalt.

Nach einiger Zeit wurde in der Stadt eine Krankenpflegeschule eröffnet, und Carola meldete sich zum ersten Kurs an. Nun ergriff meine Tochter den Beruf, den ich mir so sehr gewünscht hatte. Im Monat 90 Mark war die Entlohnung, Berufskleidung und Lehrbücher mußten die Schülerinnen noch selbst kaufen. Das waren magere Zeiten. Carola hat die Prüfungen als Beste bestanden, doch im hiesigen Krankenhaus konnte sie nicht bleiben, es mußte Platz sein für den nächsten Kurs. Dann ging Carola nach München, und ich war sehr traurig, weil mein erstes Kind nun schon in der Fremde war.

Christine war für den Hof bestimmt. Doch langsam änderte sich die Lage der Landwirtschaft, und immer öfter hörten wir im Landfunk, wie es den kleinen Betrieben ergehen wird, wenn sie sich nicht umstellen. Daß nun die Kinder keine Zukunftsaussichten mehr hatten, erkannte mein Mann, und so ging Christine in eine kaufmännische Lehre.

Trotz der vielen Maschinen lag die Arbeit allein auf unseren Schultern. Abends war ich beim Essen so müde, daß mir der volle Löffel aus der Hand fiel, weil ich plötzlich eingeschlafen war. Die Kinder stießen mich an und sagten, aber Mutti, schlaf doch nicht immer beim Essen ein. Ich war so müde, daß ich nur den einen Wunsch hatte, einmal in meinem Leben möchte ich ausschlafen dürfen, nur ein einziges Mal. Aber das blieb ein Wunsch.

Monika, unsere Jüngste, ging in die Oberschule. Sie bewarb sich bei der Justiz und kam zur Ausbildung erst einmal ins nahe Amtsgericht in der Stadt, dann nach Passau, und zuletzt wurde auch sie nach München versetzt. Nun waren alle drei Mädchen in der großen Stadt, aber sie besuchten uns oft übers Wochenende und halfen uns bei der Arbeit auf dem Feld und im Haus.

Die langen Jahre nie endender Arbeit hatten nun meine Gesundheit angegriffen, wochenlang lag ich im Krankenhaus und habe mich auch später nie mehr ganz erholt.

*

Meine Geschwister und ich haben immer zusammengehalten, auch heute halten wir noch zusammen. Als erste habe ich geheiratet, dann mein Bruder Franz, der älteste, noch während des Krieges.

Der war bei der Luftwaffe als Funker und hat sich bei Kriegsende in einer abenteuerlichen Flucht noch aus Berlin retten können. Ein einziges Mal hat er erzählt, wie er bereits in russischer Gefangenschaft war und trotz der Bewachung entkommen ist, und zwar auf einem Floß über die Elbe. Der Franz war recht begabt und konnte alles mögliche machen, er und seine Frau hatten einen schweren Anfang, doch sie haben auch ein schönes Haus gebaut.

Der Hans hat zu Anfang des Krieges eine Bauerstochter geheiratet, die war von einem schönen Hof, gut zwei Tage Dreschen. Er war im Krieg bei den Gebirgsjägern und ist bis in den Kaukasus gekommen. Der Hans hat immer Glück gehabt, bei seinem letzten Urlaub aber, da hat er schon eine Vorahnung gehabt, daß er nicht mehr heimkommen wird, da sagte er, daß er ins Gras beißen muß. Er ist recht schwer fortgegangen. Seine Ahnung ist wahr geworden. Am 8. Mai ist er in der Steiermark von Partisanen erschossen worden, das hat mir besonders weh getan. Wir haben vor einigen Jahren sein Grab besucht und es mit Blumen geschmückt, es wird von der dortigen Gemeinde gut gepflegt.

Der Michl ist in amerikanische Gefangenschaft gekommen und wurde nach Amerika gebracht. Die Überfahrt war so stürmisch, daß sogar die Matrosen Angst hatten, das Schiff würde untergehen. Sie kamen aber in

New York an, in amerikanischen Uniformen, und da standen am Kai eine Menge Leute, um ihre heimkehrenden Soldaten zu begrüßen. Sie merkten zuerst nicht, daß es Deutsche waren. So bekamen die Gefangenen Schokolade und Zigaretten, bis sich auf einmal herumsprach, daß das Naziboys waren. Da schauten die Leute auf ihre Stirn, wo denn die Hörner sitzen, denn man hatte ihnen vorgemacht, die Nazis hätten Hörner.

Sie hätten ihnen die Gaben am liebsten wieder weggenommen, aber dazu war es zu spät, die Gefangenen hatten alles gleich gegessen. Dann wurden sie nach Oklahoma in ein großes Lager gebracht. Der Kommandant dort fand Gefallen an der Disziplin der Deutschen und hat Vorbeimärsche abgenommen mit erhobenem Arm, wie der Hitler.

Deutsche haben im Lager strenge Ordnung gehalten, und es durfte keiner aufmucken wegen Hitler. Drei Kameraden sind von einem SS-Rollkommando sogar ermordet worden. Den meisten ging es gut im Lager, bis die Greueltaten in den Konzentrationslagern bekannt wurden, dann aber wären sie beinahe verhungert. Auf dem Sportplatz wurden die

Feldmarkierungen mit Mehl aufgestreut, die Gefangenen aber bekamen kaum was zum Essen.

Der Michl kam bald wieder zurück und hat dann die Witwe seines Bruders geheiratet. Sie beide haben eine Tochter, ein Bub ist tot geboren worden. Sie haben den Hof ganz neu gebaut, und die Tochter hat einen tüchtigen Mann geheiratet. Die haben dann einen Musterhof aufgebaut, zu dem heute die Schüler der Landwirtschaftsschule zur Besichtigung kommen.

Meine Schwester hat unsere Hoamat übernommen, als unser Vater 1949 gestorben ist. Alle Geschwister haben ihr einstimmig die Hoamat zugesprochen, weil sie ja mit dem Vater allein während des Krieges gewesen war. Sie hat dann einen Sattler geheiratet und bekam eine Tochter und einen Sohn. Im Laufe der Zeit haben sie den ganzen Hof neu aufgebaut.

Der Alfons, der vierte der Brüder, war in Jugoslawien im Krieg, der ist auch nur mit Mühe und viel Glück den Partisanen entkommen, aber auch er erzählt nur selten was davon. Nach dem Krieg war er in verschiedenen Diensten und hat dann den Entschluß gefaßt, nach Kanada auszuwandern. Weil er kein Facharbeiter war, kam er zu einem Farmer. Dort hatten sie im Winter bei der Waldarbeit wegen der Bären ihre Gewehre bei sich. Den Lohn, den er sich erspart hatte, den haben ihm die Farmerstöchter am Ende noch aus seiner Lagerstatt gestohlen, und mit der Zeit hatte er die Nase voll von Kanada. Da kam er zurück, und eine Bauerstochter, die Erbin eines großen Hofes, hat ihn geheiratet. Auch er hat alles neu gebaut, nur das Haus nicht, das steht unter Denkmalschutz, denn es ist noch ein bäuerliches Holzhaus mit Schnitzereien, wie man sie kaum noch findet.

Der Sepp, der einmal als Bub verschwunden war und den wir alle voller Angst gesucht hatten, weil er im Gras eingeschlafen war, der ist auch zu was gekommen. Das Mädchen, das er geheiratet hat, hat ein kleines Anwesen von ihren Eltern übernommen. Da aber ihr beider Einkommen zu gering war, ist der Sepp viele Jahre als Pendler zur Arbeit nach München gefahren, als Maurer, bis auch in unserer Gegend das Bauen anfing. Er hat dann mit seinen drei Söhnen nicht nur das elterliche Anwesen neu gebaut.

Der Schorsch mußte ganz jung in den Krieg, er hat auch bald schon einen Lungenschuß bekommen und ist im Lazarett in Rußland gestorben. Er hat gar nichts von seinem jungen Leben gehabt.

Der Jüngste nun, bei dessen Geburt unsere Mutter gestorben ist, der ist am weitesten von uns allen weg. Er arbeitet bei einer Tiefbaufirma bei Stuttgart. Er hat dort mit seiner Frau auch ein Haus gebaut und ist längst Großvater.

So sind wir armen Kinder von damals alle untergekommen, ein frommer Pater aus der Nachbarschaft hat immer gesagt, daß uns unsere Mutter auch aus der Ewigkeit nicht im Stich läßt, und so wird es wohl gewesen sein, denn keines ist auf Abwege geraten.

Am Allerheiligentag, bei der Totenehrung, da treffen wir uns alle Jahre am Grab unserer Eltern und sind ihnen dankbar, denn sie haben große Opfer für uns Kinder bringen müssen, und besonders schmerzt es uns, daß unsere Mutter so früh, mit 39 Jahren, sterben mußte. Die älteren von uns können diese traurige Stunde nie vergessen, in der wir jedes einen Finger ihrer Hand hielten, als die Mutter starb.

*

Ein Ereignis ist mir unvergeßlich.

Aus der ganzen Nachbarschaft kamen immer die Leute zu mir, wenn ein Angehöriger im Sterben lag. Ich bin schon in meiner Jugend bei Sterbenden gewesen und bin ihnen gerne beigestanden.

Es war im März, als Leute zu mir kamen, weil ein Nachbar, den der Schlag getroffen hatte, nun zum Sterben kam. Am Abend holten mich drei Frauen, weil der Heinrich, wie sie sagten, diese Nacht nicht mehr überleben würde. Noch drei Personen aus der Nachbarschaft waren im Krankenzimmer. Der Kranke hatte Anfälle von Krämpfen, die immer einige Minuten dauerten und sich so alle zehn Minuten wiederholten. Ihm kamen dann die Augen weit heraus, das Kinn verzog sich, und es schüttelte den Mann, daß nicht nur das Bett wackelte, sondern auch der Kleiderkasten und die Fenster klirrten. Der Hund bellte im

Hof, als wenn er spürte, daß sein Herr sterben wird.

Ich meinte, es steht schlimm um den Kranken, sie sollten den Pfarrer holen. Da sagten sie, dreimal war der Pfarrer schon da, aber da war der Kranke immer bewußtlos, der Geistliche konnte nichts machen.

Von abends acht Uhr bis zwei Uhr in der Nacht folgten die Anfälle aufeinander. Es ging nun schon auf den Morgen zu, und wir waren alle sehr müde. Da sagte meine nächste Nachbarin, gehen wir heim, der lebt morgen auch noch. So gingen wir zusammen heim, etwa zehn Minuten. Die Nachbarin bog in ihren Hof ein, ich hatte noch etwa 50 Meter. Als ich im Obstgarten nur noch 20 Meter vom Haus entfernt war, geschah etwas Sonderbares.

Es war eine mondhelle Nacht, wie es im Vorfrühling oft ist, so hell, daß man weit sehen konnte, ja, man hätte die Zeitung leicht lesen können. Es war ganz still. Da hörte ich plötzlich ein Geräusch, als wenn im hohen Laub etwas auf mich zukäme. Es kam von der Scheune hinten, den Stall entlang, rasch näher.

Da schaute ich genau hin, was es sei, aber es war nichts, nur das Geräusch war nun schon ganz nahe bei mir, und auf einmal stand ein ganz großes Tier vor mir, so groß, daß es mir fast an die Brust reichte. Ganz unwillkürlich hob ich die Arme, damit ich es nicht berührte. Das Tier war etwa eineinhalb Meter lang und hatte einen Rücken, der gewiß 40 Zentimeter breit war. In der Mitte des Rükkens war ein vier bis fünf Zentimeter breiter Streifen, da waren keine Haare.

Mit einem lauten röchligen Wrau tat das Tier, als wenn es etwas mit dem Maul anpakken würde. Ich stand bewegungslos da. Da war nun wieder dieses Geräusch, als wenn im tiefen trockenen Laub etwas liefe, aber nun entfernte es sich, und das Tier vor mir war im Augenblick verschwunden.

Ich sah es nicht weglaufen, wie ich es auch nicht hatte kommen sehen, nur das laute Rascheln hörte ich, wie es den gleichen Weg zurücknahm, auf dem es gekommen war.

Da standen mir die Haare zu Berg, und ich erschrak ganz furchtbar. Bis zur Haustüre waren es kaum 20 Meter. Ich lief zu ihr hin, sperrte die Tür auf und rannte in den Hausgang und ans Gangfenster und schaute hinaus, ob dieses Vieh zurückkommen würde. Es war aber weder etwas zu sehen noch zu hören. Nun aber rannte ich ins Schlafzimmer und weckte meinen Mann, und auf der Bettkante sitzend erzählte ich ihm dieses Erlebnis.

Mein Mann weiß, daß ich keine Spinnerin bin, die sich alles mögliche und auch das Unmögliche einbildet, aber darauf wußte er nichts zu sagen. Ich hatte noch gar nicht ganz fertig erzählt, da hörten wir unten im Hof lautes Rufen.

Mein Mann ging ans Fenster, da waren wieder die zwei Frauen und sagten, ob ich nicht mit ihnen gehen möchte, der Heinrich ist gestorben. Sie sagten, du bist noch gar nicht ganz zu Hause gewesen, da ist er gestorben. So ging ich wieder mit, um den Frauen beim Waschen der Leiche und dem Aufbahren zu helfen. Von meinem Erlebnis habe ich nichts gesagt.

Seitdem gehe ich ungern des Nachts an dieser Stelle vorbei, und ich weiß heute noch alles ganz genau. In der Stille der Nacht hatte ich das Rascheln des trockenen Laubs gehört, durch das das Vieh lief, aber es war überhaupt kein Laub da. Und das Vieh hatte ich nur direkt vor mir gesehen, beim Herankommen sah ich es nicht und beim Weglaufen auch nicht. Aber vor mir war es ganz deutlich.

*

Wir haben es beide schwer gehabt, denn wir waren nichts und haben erst allmählich Anerkennung gefunden, weil wir unser Anwesen emporgebracht haben. Manche aber sahen das mit neidischen Augen, und den Neid kann man mit nichts überwinden.

Mein Vater hat immer gesagt, der Neid verzehrt Vieh und Leut. Das ist ein Sprichwort, aus Erfahrung gewonnen, und wir haben es erlebt. Solange es uns schlechtging, war reges Interesse da, aber als es uns endlich gutging, standen wir allein.

Zehn Jahre lang war ich das Jahr über mehr in den Krankenhäusern als daheim, die Ärzte machten mir keine Hoffnung mehr, und der Krankenhausgeistliche, der mich oft besuchte, sagte zu einer Bekannten, heut besuch ich sie wieder, aber die stirbt alleweil. Das hab ich erst nach langer Zeit erfahren. Einmal, bei einem besonders schweren Asthmaanfall, hab ich zum Kreuz an der Wand hinaufgeschaut und gebetet, Himmelvater hilf, die Kinder brauchen mich noch.

Wenn ich auch nicht mehr ganz gesund geworden bin, heimgekommen bin ich wieder, und von all den Leidensgefährten meiner Krankenhauszeit lebt niemand mehr. Einmal hieß es, daß ich in der Nacht gestorben sei, und als mir einige Schwestern auf der Treppe begegneten, schrien sie laut auf und fielen mir um den Hals. Es heißt ja, ein Totgesagter lebt noch lange.

So kam ich also doch wieder heim und traf am nächsten Vormittag meine Nachbarinnen am Millibankerl, wo die Milch abgeliefert wird zur Abholung an die Molkerei. Das ist nun auch ein Ratschbankerl, bis der Milchtankwagen kommt. Wir hatten damals noch drei Kühe, und da lieferte ich meine Kanne auch an. Auf meinen Gruß habe ich von niemandem eine Antwort erhalten, kein einziges Wort, da bin ich schon recht traurig gewesen, daß ich nun schon ganz abgeschrieben war.

Die Ärzte sagten immer, wir müßten das

Vieh abgeben, das Stallklima sei die Ursache meiner Krankheit. So gingen auch die letzten Kühe aus dem Stall, und dann war es ganz still dort.

Ich mußte mir die Milch nun bei einem der anderen drei Höfe holen. Bei meiner nächsten Nachbarin, einer noch jungen Frau, bin ich aber bös abgeblitzt. Wir haben einen Hofraum miteinander, und es war nie etwas zwischen uns, im Gegenteil, ich habe ihr viele Blumen gegeben oder andere Gefälligkeiten erwiesen, wie das bei Nachbarinnen üblich ist. Da sagte die glattweg, nein, von mir nicht, hättest du dir doch deine Kühe behalten. Da mußte ich zum nächsten Nachbarn gehen, der gab mir den Rat, die Milch in der Stadt zu kaufen. Nun war nur noch eine Möglichkeit beim dritten.

Die Frau in diesem Nachbarshof hat mir gegeben, soviel ich wollte, und mir gut eingemessen, sie war ehrlich und hilfsbereit, auch nicht neidisch.

Inzwischen war es 1971 geworden. Wir mußten uns anstrengen, um in der Landwirtschaft mitzuhalten. Der Maisanbau ermöglichte eine noch größere Viehhaltung und damit auch größere Einnahmen. Doch nun brauchten wir bessere Maschinen. Jetzt war die Entscheidung, weiterzumachen oder den Betrieb aufzugeben. An einem Freitagnachmittag haben wir uns entschlossen, die Grundstücke zu verpachten.

Ein sehr ehrlicher Nachbar hat alles gepachtet, und mein Mann suchte in einem Handwerksbetrieb um Arbeit nach. Es war September. Im Oktober wurde ich wieder schwerkrank und nach München verlegt. Von dieser Zeit an bin ich nicht mehr gesund geworden. War es zuerst das Herz mit schweren Rhythmusstörungen, so kam dann eine Gallenoperation dazu, schließlich Asthma mit furchtbaren Erstickungsanfällen, so daß ich viele Stunden bewußtlos war. Ich hatte alle Todesängste schon mehrmals durchgemacht und hatte keine Angst mehr vor dem Tod, wenn nur die Angst vor dem Ersticken nicht wäre. Noch manche andere Leiden kamen dazu, und in allen Jahren bis 1980 bin ich länger im Krankenhaus gewesen als daheim.

*

Ich hab im Krankenhaus eine Frau kennengelernt, die meine Bettnachbarin war. Jetzt ist sie schon alt, sie möchte auch nie mehr zur Welt kommen.

Ihre Eltern waren sehr arm, so mußte sie schon als Kind zu fremden Leuten. Erst hatte sie einen guten Platz. Dann wuchsen die eigenen Kinder der Leute heran, und sie mußte weggehen. Da war es nicht leicht, ein Heim zu finden. Sie war zwar nur das einzige Kind, aber ihr Vater war arbeitslos und die Mutter krank. Die Eltern brachten sie dann bei einem Nachbarn unter. Sie boten ihr noch lange auf, sie solle recht fleißig sein, sie sei ja in der Nähe ihrer Eltern.

An Lichtmeß, dem 2. Februar, kam sie hin. Am späten Nachmittag schickte der Bauer das ganze Gesinde in den Stall, und sie mußte mit dem Bauern zum Futterschneiden auf den Heuboden gehen. Kaum waren sie oben, wurde er handgreiflich. Wie er sah, daß sie nicht von der Sorte war, warf er sie mit Gewalt ins Heu. Sie wehrte sich, da sagte er, wenn du das nicht willst, kannst du gleich gehen! Da ging sie noch am späten Abend heim.

Die Mutter sagte, wir haben gar nichts zum

Essen, geh doch wieder hin, vielleicht wird er doch noch gescheiter. Da ging sie wieder hin. Am nächsten Tag machte er das gleiche, und weil sie keinen anderen Ausweg wußte, gab sie nach. Nun war sie ihm ausgeliefert, und oft hat sie geweint. Wegen dem bißchen Essen machte der Hammel mit ihr, was er wollte. Tagsüber mußte sie genauso schwer arbeiten wie die anderen, obwohl sie noch schwach und klein war. Damit die anderen Dienstboten nichts merkten, war der Bauer tagsüber auch noch recht grob zu ihr.

Das ging gut ein Jahr, dann sagte sie zu ihm, Bauer, ich bin schwanger! Da wurde er ganz narrisch und schrie, aber nicht von mir! Du Hure! Mistviech! Dreckpritschn herglaufene!, und noch viele andere Schimpfworte gab er ihr. Sie sagte es der Bäuerin. Da halfen der Bauer und die Bäuerin zusammen und jagten die Magd vom Hof. Ihr bißchen Gewand haben sie ihr über die Stiege nachgeworfen.

Mit ihren Eltern hat sie bitterlich geweint. Sie hat dann ihr Kind geboren. Alle haben sie immer wieder nach Arbeit gesucht, weil nicht mal Wäsche da war. Und der Saubauer gab ihr nicht einen Liter Milch für das Kind. Zu jedem sagte er, das Kind habe er nicht gemacht. Niemand half den armen Leuten, mit dem großen Bauern wollte sich niemand abwerfen. Mühsam haben die junge Mutter und ihre Eltern das Kind großgezogen. Der Sohn ist später ein ganz tüchtiger Mann geworden. Er hat ein schönes Haus, eine nette Frau und zwei Kinder, und die Mutter hat in ihren alten Tagen noch einen schönen Lebensabend.

*

Das Vieh war verkauft, die Ställe leer. Mein Mann hat nun gut verdient und die zweite Hälfte des Hauses umgebaut. An den Wochenenden und im Urlaub war er fleißig dran. Bis der zweite Teil ganz fertig war, sind Jahre vergangen, aber er hat alles selbst gemacht. Nun aber war es an der Zeit, den Kindern ihr Erbteil zukommen zu lassen. Darum haben wir die Grundstücke verkauft und die Kinder ausbezahlt. Mit ihrem Erbe und mit ihrem selbstersparten Geld haben die Kinder, jedes für sich, eine Eigentumswohnung gekauft. Nun bleiben sie für immer in der großen Stadt.

Seit eineinhalb Jahren war ich jetzt nicht mehr im Krankenhaus. Es geht mir besser. Wir haben noch die Hofstelle und einen großen Garten mit allem Gemüse und vielen Blumen rund ums Haus. Das ist meine größte Freude. Jetzt ist mein Wunsch endlich doch in Erfüllung gegangen, den ich seit meiner Kindheit hatte, ich kann mich nun ausschlafen, ich darf schlafen, so lange ich mag.

Mein Mann ist nach zehn Jahren im Betrieb in Rente gegangen. Er hat einen schönen Abschied gehabt, und ich bin dabeigewesen. Der Chef hat ihm einen schweren Zinnteller gegeben, und mein Mann war bei seinen Kollegen beliebt, das habe ich gesehen.

Als wir das erste Auto kauften, waren wir die letzten in der Gegend, die eines bekamen. Das hatte die Leute oft gewundert, aber wir wollten erst den Betrieb in Ordnung haben, als für ein Auto Schulden machen. Noch heute sagen die Leute, daß sie das nicht verstehen können, daß wir die Landwirtschaft aufgegeben haben. Aber es war schon richtig, wir hätten es nicht mehr schaffen können.

An Arbeit fehlt es mir nicht, denn nach den Erdbeeren, da geht das Fruchtsaftmachen an, von den Himbeeren, den Johannisbeeren und später dem Holler. Im Herbst sind noch die Weintrauben und die Äpfel dran. Das begann alles mit einigen hundert Flaschen, und nun bin ich bei über tausend angelangt. Mein Mann sagt, ich bin eine Ziege, die immerzu meckert, wovon soll ich denn satt sein, ich spring nur über Gräbelein, wie im Märchen. Doch den Saft, den trinken alle gern.

Nun fahren wir oft zu den Kindern nach München, oder sie kommen zu uns. Albert und ich sind beide glücklich und zufrieden wie nie in unserem Leben. Wir schauen zurück auf die vergangene Zeit, und oft habe ich in den letzten Jahren den Wunsch gehabt, meine Geschichte aufzuschreiben. Das habe ich nun getan.

Wenn ich noch einmal zur Welt käme, eine Bäuerin würde ich nicht mehr werden.

Verzeichnis der wichtigsten Dialektausdrücke

aufgupfen: aufhäufen
benzen: quengeln
Drischlege: Dreschfest
ein Seifensieder aufgehen: ein Licht auf gehen, etwas bemerken
Fletz: Hausflur
Froasen: Krämpfe
Gickerl: junger Gockel
Getreidemandl: Hocke (auf dem Feld zusammengesetzte Garben)
granteln: schlecht gelaunt sein, nörgeln
Hafen, Haferl: Topf, kleiner Topf
Hoamat: Heimathof
Hocka: Axt
Holler: Holunder
Kanapee: Sofa
Kirm: Rückenkorb
Kletzen: getrocknete Birnen
Krand: Wasserbehälter im Küchenherd

Mahd: das Mähen, das Abgemähte
Mascherl: Schleife
Odel: Jauche
Ratschweib: Klatschbase
Rauhnachtsingen: Singen in der Nacht vor dem Dreikönigstag
Reigerl: Kiefernzapfen
Reine: Bratenpfanne
Riegelhaube: Rottaler Tracht
Schaueramt: Bittamt (gegen Hagel, Blitzeinschlag etc.)
Scheps: Dünnbier
Stoatz: Lenkstange am Schlitten
Trebernsuppe: Teigflockensuppe
Trumm: großes Stück
verhunakeln: verhunzen
Watschn: Ohrfeige
Wied: Reisig

»Barth-Grözingers Schilderungen gehen unter die Haut.«

Südwest-Presse

Coverabbildungen vorbehalten

Inge Barth-Grözinger

Beerensommer

Roman

Piper Taschenbuch, 592 Seiten
ISBN 978-3-492-30897-7

Mit einem Schlag ist alles anders. Friedrichs Familie hat alles verloren und muss nun in die Stadtmühle ziehen, zu den Ärmsten der Armen. Der einzige Lichtblick ist Johannes, der Junge mit den merkwürdig hellen Augen. Schon bald verbindet die beiden eine enge Freundschaft, die jedoch im Laufe der Jahre in erbitterte Feindschaft umschlagen soll … »Beerensommer« – ein packender Roman, der den Leser tief in die wechselvolle Geschichte des 20. Jahrhunderts hineinzieht.

Leseproben, E-Books und mehr unter www.piper.de